AF194909

1

PiT VOGT

GAGA

GAGALAND

GAGA

Stories

GAGA Texte

Impressum:

Idee, Design & Layout: PiT

Alle Stories und Gedichte sind frei erfunden

Herstellung und Verlag:
BoD - Books on Demand GmbH, Norderstedt
ISBN 9783-752832501

STORIES TEXTE

Adolphs Rückkehr

Die Zeiten waren hart, sehr hart. Gerade erst wurden durch einen Terroranschlag in der Hauptstadt des Landes Germanien dutzende Menschen dahingerafft, da erschien ein Mann auf der Bühne des Parteiengeschehens, dessen Namen für große Verwirrung sorgte:

Adolph Himmel.

Der smarte Mittvierziger war so gar nicht das, was man sich unter einem Politiker vorzustellen vermochte. Doch sein verführerisches Charisma und seine unglaublich entschlossene Ausstrahlung, die mehr einem alten erfahrenen Strategen ähnelte, verlieh ihm ein sonderbares beherrschendes Erscheinungsbild. Seine wasserblauen Augen und seine kurzen schwarzen Haare erinnerten an irgendetwas längst Verblasstes. Aber sein winziger Schnauzbart, der ihm eine Aura von längst vergangenen Reichsträumen und großmächtiger Arroganz bescheinigte, ließen ihn schon wieder recht modern und kämpferisch erscheinen.

Adolph selbst schien all das wenig zu interessieren. Er nutzte beinahe jede Gelegenheit, um auf die Machthaber der Welt, auf die Ungerechtigkeit und all die vielen Unzulänglichkeiten der Menschheit zu schimpfen. Seine wirkungsvollen Auftritte waren stets von großem Medieninteresse und einer beinahe unbändigen Wichtigkeit begleitet. Und in seinen immerwährenden schwarzen Anzügen, die allesamt saßen, als hätte man sie ihm angegossen, machte er eine imposante *glaubhafte* Figur.

Die Menschen, die sich immer öfter missverstanden fühlten von der viel zu großen Politik, die mittlerweile jeden Groschen zehnmal umdrehen mussten, damit er auch für die ganze Familie reichte, all diese Leute verehrten Adolph. Denn endlich gab es jemanden, der vorgab, sie zu verstehen. Endlich gab es jemanden, der mit ihren Worten sprach und der hart durchgreifen wollte, der sogar versprach, mit schärferen Gesetzen und drastischeren Strafen die hohe Kriminalitätsrate zu senken.

Immer mehr Menschen schlossen sich seiner neu gegründeten Partei (Adolphs Arbeiter Partei) an. Und immer einflussreicher waren die Personen, die Adolph und seine Partei finanziell unterstützen. Die althergebrachten Parteien sahen bereits ihre Felle davonschwimmen, weil sie all das, was die einst versprochen hatten, nicht halten konnten. Und die Sicherheit im Lande blieb deswegen, wie auch viele andere sozial wichtige Projekte, auf der Strecke.

Adolph aber versprach den Menschen, dass er sich den Armen und den Bedürftigen widmen würde, wenn man ihn bei den nächsten Wahlen nur wählte. Er versprach, alles anders zu machen und das Geld gerechter zu verteilen.

Doch während er all das verkündete, rottete sich auch Widerstand gegen ihn zusammen.

Denn Adolph wurde zu einer Gefahr, zu einer großen Gefahr für die noch immer Mächtigen. Und so kam es, wie es kommen musste: *Ein gezielter Schuss beendete Adolphs erfolgreiche und vielversprechende Laufbahn!*

Allerdings kam es nicht so, wie es sich die Mächtigen erhofften, denn das Volk hatte Adolph mittlerweile liebgewonnen, und sie verehrten ihn wie sonst keinen anderen. Selbst im Ausland war Adolph zu einer Gallionsfigur geworden, zu einer Ikone, der man nacheifern wollte.

Und weil das so war, verfiel die Welt in eine tiefe Depression. Die Börsendaten fielen ins Bodenlose und die Volkswirtschaften der Länder versiegten wie trockene Brunnen in der Wüste.

Eines Tages jedoch, als die Menschen schon gar nicht mehr daran glaubten, verkündete Adolphs noch immer agierende Partei, dass der große Adolph wieder da sei. Zunächst wollte es keiner glauben, zu tief saß die allgemeine Depression. Doch als dann Adolph in allen TV Stationen präsent war, schließlich sogar seine erste Großveranstaltung abhielt, strömten Millionen Menschen auf die Straßen und Plätze und verfolgten die TV Sendungen, die überall auf riesigen Displays übertragen wurden.

Jubelnd vor Glück strömten die Menschen in die Betriebe und schafften wieder, wie sie wohl noch nie geschafft hatten. Die Depression verging so schnell wie sie gekommen war und es schien endlich wieder aufwärts zu gehen.

Am Tag der großen Wahlen begaben sich *95 Prozent* der Bevölkerung in die Wahllokale, so viele, wie es vermutlich nie zuvor gewesen sein mochten. Und es war klar – Adolph wurde zum obersten Staatslenker gewählt.

Ja, und allen war klar: *Adolph war zurückgekehrt, weil er möglicherweise nie gestorben war.*

Seine Kritiker ärgerten sich und seine Feinde wussten nicht, wie es sein konnte, dass der verhasste Dummschwätzer doch noch am Leben war. Immerhin hatte man mit viel Medienspektakel den großen Adolph auf einem kleinen Friedhof beerdigt.

Doch die Freude der Bevölkerung und das Glück all der vielen ganz normalen Menschen ließ all das vergessen. Keiner hörte mehr auf die Kritiker, die vor etwas warnten, das niemand glauben wollte: *Der endgültigen Vernichtung.*

Adolph schaffte es, die Gehälter drastisch anzuheben und die Armut weitestgehend zu beseitigen. Doch sein wahres Ziel kannte niemand. Denn hinter seinem Großmut versteckte sich etwas, das menschlicher schien als alles, was es sonst so gab. Es war die Sucht nach unbezwingbarer Macht und unendlicher Größe. Er träumte von einem Weltreich, an dessen höchster Spitze er als großer Sultan herrschte. War das wirklich noch *der* Adolph, den jeder wollte? War das wirklich noch *der* Adolph, dem alle zujubelten, den alle verehrten, weil er so volksnah erschien?

Adolphs Partei jedenfalls begann, die Menschen, die nicht in das Bild von Adolphs Welt-

Sultanat passten, in riesige unterirdische Internierungslager zu verbannen. Er baute aus den neuesten Errungenschaften von Wissenschaft und Technik eine Roboterarmee auf, die rigoros alles durchsetzte, was ihm so vorschwebte. Alle, die anders aussahen, als es ihm vorschwebte, ließ er umbringen und schnellstmöglich beseitigen.

Schon bald bemerkte man das im Volke, doch da war es bereits zu spät. Denn Adolphs Partei kontrollierte alles und jeden, dirigierte das Internet und kontrollierte jeden Menschen dieser großen weiten Welt. Das *Welt-Sultanat* stand schließlich vor seiner Vollendung und Adolph sollte zum *Sultan der Welt* ernannt werden. Eigentlich hatte er sich selbst dazu erhoben, denn er konnte es nicht erwarten, die Macht über die Erde zu erringen. Er träumte bereits davon, die Zivilisation auf den Mars zu bringen, wo er dann als *Sultan des Universums* regieren würde. Und es sah ganz so aus, dass es genauso werden sollte.

Am Tag der *Sultans-Ernennung*, die auf der ganzen Erde übertragen wurde, sah man Adolph, wie er großmütig vor sich hinlächelte und gen Himmel schaute, so, als wenn er als gottgleiches Wesen sogleich ins Universum aufbrechen wollte. Nur ein Knopfdruck trennte ihn noch vom großen Herrschertum und seinen unbändigen Träumen, alles zu besitzen.
Er hob seine Hand und drückte diesen magischroten Knopf vor sich, denn es war der Knopf, der eine Art Antigravitations-Lift in Gang setzte, welcher ihm die goldene, mit Edelsteinen besetz-

te Krone aus einem Kellergelass nach oben bringen sollte. Alles sollte aussehen wie ein Zauber, wie Magie aus einer märchenhaften Welt, jener Scheinwelt eines Großinquisitors.

Doch nicht die ersehnte goldene Krone wuchs aus der marmornen Erde empor. Der Knopfdruck bewirkte, und niemand konnte es sich erklären, wie es so kommen konnte, dass sich alle Raketensilos auf der Erde öffneten und düstere Atomraketen auf schwarzen Feuersäulen in den azurblauen Himmel rasten.

Adolph, der im letzten Moment bemerkte, was er da angerichtet hatte, starrte auf die Millionen Raketen, die überall auf Erden starteten. Und er wusste, was das bedeutete, und niemand konnte es mehr aufhalten, denn niemand hatte den Schlüssel oder einen Code, die Menschheit doch noch retten zu können.

Nur auf der fernen Raumstation, die still und einsam den Planeten umkreise, auf welcher sich zur gleichen Zeit Teams aus aller Welt aufhielten, beobachtete man das totbringende Spektakel aus angemessener Entfernung. Die Menschen dort wussten, dass sie nie mehr auf diesen wunderschönen blauen Planeten zurückkehren konnten. Sie wussten auch, dass sie die letzten sein würden, die übrigblieben, wenn sich der nukleare Sturm verzogen hatte.

Und der japanische Astronaut Kim schaute schweigend zu Lena, einer amerikanischen Astronautin. Als schließlich riesige Atomblitze die Atmosphäre des Planten zerteilten, flüsterte er mit Tränen in den Augen: *„Mach´s gut Erde. Lasst uns neu beginnen…"*

Hoch lebe die Korruption

Aladin Sülz, einst die rechte und vertrauensvolle Hand des mächtigen Kaisers Jan vom Bunker der „Orthopädischen Union", wollte ebenso mächtig sein, wie sein äußerst erfolgreicher König. Doch der war damit nicht einverstanden und entließ kurzerhand den Speichellecker Sülz.

Weil Sülz aber vor lauter Scham und Trauer, seinen geliebten Job nicht mehr ausführen zu dürfen, nirgends mehr darüber sprechen konnte, blieb der Grund seiner vermeintlichen Entlassung geheim. So kehrte er schließlich der Spitze der „Orthopädischen Union" den Rücken und ging mit großen Rosinen im Kopf in seine Heimat „Märchenland" zurück.

In Märchenland freute man sich riesig, den einstigen Stellvertreter des großen Kaisers Jan vom Bunker wieder in den heimischen Gefilden begrüßen zu können. Und so hielt man große Feste ab und feierte rund um die Uhr. Die Partei von Aladin Sülz, die Optal-Memografische-Partei (OMP), konnte sogar einen ungeheuerlichen Mitgliederzuwachs verzeichnen. Und es waren dutzende junge Leute, die der OMP beitraten. Alle waren begeistert von Sülz und wählten ihn schlussendlich zu ihrem hochverehrten Vorsitzenden.

Was Sülz nicht ahnen konnte: die mächtige, in letzter Zeit aber ideenlose und abgehalftert wirkende Hauptlenkerin von Märchenland -Agneta

Schnörkel- hasste alles, was nicht ihrer vorgegebenen Norm entsprach. Alle setzte sie unter Druck – und weil bald Wahlen in Märchenland waren, musste sie sich etwas einfallen lassen, um weiterhin an der so innig geliebten Macht zu bleiben. Zu sehr hatte sie sich an den Ruhm und das viele Geld (Währung in Märchenland: Teuron) gewöhnt. Zu schön war es, sich tagein, tagaus von teuren Luxuslimousinen durch die Lande schaukeln zu lassen und zu bedeutungsvoll wog ihr Wort, welches bei ihrer Abwahl nicht einen einzigen Teuron mehr wert sein würde. Nein, sie musste, sie wollte unbedingt an der Macht bleiben und der Rückkehrer Sülz, der sich vor Beliebtheit in der Bevölkerung kaum noch retten konnte, war ihr ein Dorn im Auge! Nur, wie sollte sie diesen Volks-Liebling unbemerkt ausschalten? Sie hatte einfach keine Idee und auch keinen funktionierenden Plan in der Schublade, wo sich doch so viele gute Ideen wie zum Beispiel die Vorschläge von Sammelklagen oder die Verbreitung von E-Automobilen befanden – und sich faulig lagen.

Ihr etwas angestaubter Haus- und Hofmeister Klehmoser, der in Lederhosenmanier recht oft glücklos zu Felde zog, wusste Rat. Das Parteivermögen der Partei der Hauptlenkerin, der Schnörkel-Partei, umfasste Millionen von Teuronen. Was wäre, wenn man erst die Journalisten in Märchenland und dann sämtliche Landesregierungen von Märchenland mit all diesen Millionen von Teuronen schmierte, damit dort die

Schnörkel-Partei wiedergewählt würde – sozusagen um Märchenland wieder auf Linie zu trimmen – und zu zwingen? Dann brauchte man nur noch die Wahlbüros zu schmieren, die Hochrechnungen zu schönen und schon wäre die ehrenwerte Agneta Schnörkel wieder an der Macht, bzw. blieb sie -weiterhin- an der Macht! Was für ein genialer Einfall!

Agneta Schnörkel dachte kurz über diesen famosen Vorschlag nach und träumte schon von ihrem Ruhm, von allen -grenzenlos- geliebt zu werden. Und so war sie einverstanden, wenngleich sie noch immer nicht wusste, wie sie Aladin Sülz auszuschalten vermochte.

So kamen die Tage der Wahlen und es klappte großartig! Mit Hilfe von Millionen von Steuergeldern wurde in den Märchenland-Landesregierungen die Schnörkel-Partei an die Spitze korrumpiert und Schnörkel gewann ungeheuer an Pluspunkten. Selbst die Märchenland-Hauptlenkerin-Wahlen gestalteten sich als ziemlich reibungslos. Am Ende aller Korruptionen war Agneta Schnörkel wieder als Hauptlenkerin bestätigt! Doch sie war noch nicht gewählt, denn Aladin Sülz war noch immer ihr größter Konkurrent! Außerdem konnte sie wegen des knappen Wahlergebnisses nur mit der OMP regieren, das sah wirklich nicht so gut für sie aus! Unterdessen hatte der böse und hinterhältige Aladin Sülz dummerweise auch noch beteuert, dass seine große OMP-Partei für Koalitionsgespräche mit Frau Schnörkel nicht und niemals zur Verfügung stehen würde – er blieb Opposition, egal, wie es auch immer käme! Was in des Heiligen Namen sollte Agneta Schnörkel jetzt nur tun, denn sie wollte ihren Traum, Hauptlenkerin von Märchenland zu bleiben, niemals aufgeben! So hatte sie eines nachts einen verwegenen Traum:

Jeder ist käuflich, so träumte sie. Und es wäre doch wirklich fantastisch, wenn sich Sülz mit einer ordentlichen Summe schmieren ließe. Außerdem könnte er, wenn er die Gespräche korrekt in ihrem Sinne führte und gehorchte, ein sicheres und gut bezahltes Ministerpöstchen erhalten, dann würde alles glattgehen. Sie wäre wieder die Mächtige und Sülz würde für immer und ewig seine Klappe halten!

Irgendwie ließ sich der geldgierige und doch schon alternde Sülz anlocken, die Koalitionsgespräche begannen und es war wirklich wie ein Zauber – alles funktionierte vorzüglich und Sülz ließ sich mit drei Millionen Teuronen und einem bestens dotierten Ministerpöstchen bestechen! Tja, so verriet er eiskalt seine eigene Partei -die OMP- an die Schnörkel-Partei und fühlte sich wunderbar, denn er hatte für alle Zeiten ausgesorgt. Seine eigenen OMP-Parteikollegen, die aus dem Wundern und der riesigen Enttäuschung nicht mehr herauskamen, waren ihm schlichtweg scheißegal! Und so erhielt Märchenland das, was ihm zustand: Agneta Schnörkel regierte weiterhin und ließ sich letztlich als neue Kaiserin des Landes mit reichlich Glanz und Gloria krönen!

Alles blieb beim Alten und nichts ging mehr vorwärts. Das Volk verarmte mehr und mehr, strömte radikalen Parteien zu und demonstrierte lautstark auf sämtlichen Straßen aller großen Städte.

Leider verhaspelte sich Sülz mit dem Volke [und mit seinen eigenen Reihen – man wollte nicht, dass er wie ein König regierte und sich kaufen ließ], was seinen kurzfristigen Rücktritt aus allen Ämtern nach sich zog. Schnörkel wollte ihm nun auch nicht mehr helfen – sie hatte ihn erfolgreich stillgelegt und er war keine Gefahr mehr für ihren lang eingefädelten Korruptions-Betrug. Für ihren besonderen Liebling und Speichellecker Klehmoser hingegen hatte sie sogar extra ein neues Ministerium erfunden: das Treue-Ministerium!

Es gab nur noch eine Hürde: die Briefwahl der OMP. Denn nur wenn die OMP geschlossen für die Koalition stimmte, dann konnte auch Schnörkel wieder regieren. Die Partei OMP stimmte somit in einer geheimen Briefwahl über die Koalition ab – und auch über Schnörkels Verbleib in der Obrigkeit. Allerdings – die Brief-wahl hatte sie sicherheitshalber vorher manipuliert, denn es fanden sich genügend Geldgierige in der OMP, die Schnörkels Schmiergeld mit Kusshand annahmen. So zählten sie die Stimmen in Schnörkels Sinne ab und – siehe da – Schnör-kel hatte „gesiegt"! Sie wurde wieder Hauptlen-kerin und mit dem Land ging es vollkommen bergab! Ach, es war ja auch so einfach für

17

Schnörkel, das Volk zu betrügen und alles mit Millionen von Steuergeldern zu schmieren. Sie saß fortan nur noch zynisch grinsend und selbstgefällig sabbernd auf ihrem güldenen Thron und steckte Milliarden von Teuronen in ihre eigenen Taschen …

Und das Volk? Das jagte eines fernen Tages die dicke fette faule Lady Schnörkel doch noch dorthin, wo sie hingehörte: Auf den Müllplatz der Geschichte!

Und die Moral von der Geschichte:

Kannst mit Geld du alle schmieren,
wirst die Wahl du nie verlieren!

Damit ist das Märchen aus!

Der Schwindler

Es war in einer Zeit, in welcher die Menschen nicht mehr glücklich und schon gar nicht zufrieden waren mit ihrem Leben. Die einen mussten schuften, um ihre Familien irgendwie durchzubringen, brauchten sogar eine staatliche Hilfe, damit es am Monatsende überhaupt noch reichte. Die Anderen machten nichts, bekamen aber dennoch Geld, um leben zu können. Und wieder andere – ja, die anderen – ja, was war eigentlich mit denen? Um die rankten sich die verrücktesten Geschichten.

Man sagte, dass sie sich alles bezahlen ließen, was nur irgendwie Geld bringen konnte, nahmen Geld für Gefälligkeiten und schmierten sich gegenseitig, wo es nur ging. Doch sie taten das heimlich und wollten nicht, dass das arme Volk davon erfuhr. Sie gehörten allesamt einer einzigen mächtigen Partei an, es war die Partei „YYUH". Es war die Partei der Reichen, die Partei der Dummschwätzer, die Partei derjenigen, die dem Volk das erzählte, was es hören wollte. Es waren Parolen, wie: *Wenn ihr uns wählt, dann werdet ihr wieder Arbeit haben, dann werdet ihr glücklich und wohlhabend sein!*

Leider war das alles nur Gerede und dummes Zeug – in Wahrheit protzten sie mit ihren teuren Luxuswagen und prassten in ihren eigentlich unbezahlbaren Luxusvillen, feierten allabendlich mit Schampus, Kaviar und zweifelhaften Frauen.

Und sie pressten das Volk aus wo- und wie es nur ging.

Hilmar, ein 50-jähriger Arbeitsloser, der als einzigen *Reichtum* einen uralten Fernseher besaß, lebte seit vielen Jahren in seiner winzigen Wohnung am Rande der großen Stadt. Sein Fernseher schien das einzige Fenster vor dem er jeden lieben langen Tag saß. Und er war kein Dummkopf, denn er wusste, dass er in seinem Alter trotz seiner einstigen Berufsausbildung zum Monteur kaum noch eine reale Chance besaß, einen Job zu finden. Und als Hilfsarbeiter wollte er sich nicht verdingen, dazu hatte er früher einfach zu viel gearbeitet.

Als er eines Tages seinen Rentenbescheid erhielt, mit Schaudern erkennen musste, wie wenig ihm noch für sein Alter blieb, dachte er schon ans Sterben, denn das schien ihm erheblich billiger. Doch irgendetwas in seinem Inneren, irgendwas in seinem Kopf und in seinem Herzen ließ ihn plötzlich erstarren. Denn schlagartig wurde ihm klar, dass er ja nur dieses eine Leben besaß. Er erkannte, dass er, wenn er jetzt nichts drastisch änderte, vergehen würde wie eine Pusteblume im Wind.

Nein, dafür hatte ihn seine Mutter einst nicht unter Schmerzen geboren. Dafür hatte er auch nicht ein halbes Jahrhundert hart in der Firma gearbeitet, für den Konzern seine Kraft und seine Energie gegeben. Und das durfte es auch nicht schon gewesen sein! Da musste einfach noch etwas mehr sein. Gab es da noch wirklich noch ein Stück Leben, ein Stück vom Kuchen dieser Welt?

Als er seinen Blick durch seine spärlich eingerichtete Wohnung vom alten Fernseher bis zu seinem wurmstichigen Kühlschrank schweifen ließ, wurde er ziemlich traurig. Denn wie sollte er ohne Geld, nur mit der Stütze allein, etwas Neues aufbauen?

Entnervt ließ er sich in seinen alten Stoffsessel sinken und starrte lange die fast leere Flasche Bier auf dem wackeligen Eichenholztisch an. Immer wieder schaute er zum Fernseher, beobachtete eine Debatte der starken Partei „*YYUH*", wo sich die dicken, vollkommen überbezahlten Politiker gegenseitig beleidigten, weil einer dem anderen nichts gönnte.

Stöhnend und kopfschüttelnd sah er dem irren Treiben zu und flüsterte leise vor sich hin: *„Diese Idioten, die wissen doch gar nicht, wie das ist, wenn einen keiner mehr braucht und man nicht mal das Geld hat, um richtig leben zu können."*

Und als er so sinnierte, erkannte er plötzlich, dass er selbst etwas tun musste, irgendetwas, bei dem man auf ihn aufmerksam werden würde.

Plötzlich sah er sich, wie er in dem riesigen Parteien-Plenarsaal am funkelnden Rednerpult stand und lautstark und recht heftig gestikulierend irgendetwas von sich gab. Da wurde ihm klar, dass es wohl gar nicht so wichtig war, *was* er da so rief – viel wichtiger war es vermutlich, einfach nur herumzuschreien, wichtig zu tun und zu zeigen, dass man da ist. Und weil ihm gleichzeitig einfiel, dass er früher mal Sprecher bei der Gewerkschaft war, griff er zielsicher zum Telefonbuch. Flink suchte er sich die Nummer der Partei „YYUH" heraus, sprach mit einem Verantwortlichen und hatte auf einmal den festen Willen, dieser mächtigen Partei beizutreten. Mehr noch, er wollte sogar einen Posten und redete und redete und redete. Immer sah er sich, wie er in der Armut verging, in einem Leben, in welchem ihn keiner mehr bemerkte. Das spornte ihn unheimlich an und schon nach kurzer Zeit wurde er in die regionale Führungs-Elite der Partei berufen. Was er sagte, war nicht sehr gehaltvoll und auch nicht sonderlich intelligent, aber es war laut und voller Kraft und Energie.

Schon bald war er zu einer Person geworden, zu der man aufschaute, der man zuhörte, und der man letztendlich sogar gehorchte.

Irgendwann war das alte armselige Leben vergessen und das mehr als üppige Honorar, welches er auf seinem Konto erblickte, ließ ihn noch euphorischer werden. Schließlich wollte man ihn als Redner an Hochschulen und Universitäten, in Führungsetagen großer Firmen und Konsortien – und der sprichwörtliche Rubel rollte und rollte und rollte.

Nach drei Jahren war er so einflussreich und reich geworden, dass er eigentlich gar nichts mehr tun musste. Das Geld arbeitete von ganz allein und er war so beliebt, wie sonst niemand im Lande.

Und es kam so, wie es immer kam, er bekam einfach nicht genug und wollte die gesamte Macht.

Er wollte *Staats-General* werden, welches das allerhöchste Amt des Landes war. Überall hingen seine Wahlplakate und es kam genauso, wie er es wollte: Er wurde einstimmig gewählt.

Vorher hatte er den Menschen das Blaue vom Himmel heruntergeschwindelt. Er wollte allen Arbeit geben, wollte die Menschen reich und glücklich werden lassen, wollte ihnen Verantwortung und großartige Chancen geben, sodass sie ihr Leben in Wohlstand und Glück verbringen zu könnten.

In Wirklichkeit sah er sich aber schon als Kaiser, der sich krönen ließ und der sich als Gott in den Himmel erhob.

Einige Zeit ging das tatsächlich gut, denn die Menschen ließen sich all den Unsinn, den er jahrein und jahraus verkündete, dankbar einreden. Doch als sie merkten, dass nichts von dem, was er predigte, eintraf, sie hingegen immer ärmer und kränker wurden, wollten sie ihn nicht mehr. Allerdings gab er auch nicht mehr so leicht auf, denn er war nun so unermesslich reich und mächtig, dass er seine Leib-Armee damit beauftragte, die Aufwiegler, die Stimmung gegen ihn machten, zu beseitigen. Er hatte nämlich vor, der unangefochtene Herrscher der Welt zu werden, sich nur noch mit Gehorchenden und Dienern zu umgeben und dann das Universum zu erobern.

Um all das jedoch auch noch zu erreichen, musste er Krieg führen. Denn die Leute ließen sich nur mit Gewalt zu seinen verrückten Vorhaben zwingen.

So machte er den Leuten den Krieg schmackhaft, meinte, dass es ihn wesentlich bessergehen würde, wenn sie für ihn in den Krieg zögen. Er versprach ihnen Schösser aus purem Gold und das fürstlichste Leben, welches sie sich nicht einmal zu erträumen vermochten. Die Leute aber winkten schon ab, wenn sie ihn nur sahen und irgendwann verlor er sogar den Rückenhalt seiner Partei, der „YYUH".

Als er eines Tages nachdenklich in seinem riesigen Anwesen saß und Fernsehen schaute, musste er hören, wie ein anderer Lügner, der den Leuten noch viel mehr Glück und Wohlstand vorgaukelte, als er es je getan hatte, davon sprach, ihn einzukerkern, weil er ein Lügner sei.
Da erkannte er den ganzen Wahnsinn, sprang aus seinem Sessel und verließ das Haus, welches wohl in Kürze zur Todesfalle für ihn werden würde.

Tief im Wald hatte er ein geheimes Domizil als besseren Tagen herübergerettet. Nein, es war kein Bunker und auch keine Felsenhöhle, in welche er fliehen konnte. Es war eine Rakete, die er sich bauen ließ, weil er ja zu den Sternen fliegen wollte, um das Universum zu erobern. Traurig kletterte er hinein und startete. Hinter ihm schrie schon der aufgebrachte Mob, der sein Versteck im Wald herausgefunden hatte. Sie wollten sich an ihm rächen. In allerletzter Sekunde schaffte er es, die Erde zu verlassen. Immer kleiner wurde der eigentlich riesige Erdball unter ihm und schnell näherte er sich dem Mond. Dort landete er das kleine Raumschiff und wartete. Die Stille und die Dunkelheit ließen ihn noch trauriger werden, als er schon war.

Und wie er so dasaß und weinte, vernahm er eine Stimme hinter sich. Zu Tode erschrocken fuhr er herum und blickte entgeistert in das runzelige Gesicht eines alten Mannes, der hinter ihm stand.

„Ich sehe, du bist traurig", sprach der Alte und wiegte dabei seinen Kopf hin und her.
Hilmar wusste nicht, was er sagen sollte. Natürlich war er traurig, natürlich wusste er auch nicht, wie all das geschehen konnte und natürlich wollte er so nicht mehr weiterleben.
Der Alte schien das zu verstehen, obwohl Hilmar gar nichts sagte.

„Dann komm mit mir", sagte er schließlich leise und streckte seine Hand nach ihm aus.

Hilmar wischte sich die Tränen aus dem Gesicht, er wusste, dass er alles falsch gemacht hatte und er ergriff die Hand des alten Mannes. Augenblicklich verschwanden die beiden und nur die kleine Rakete, sozusagen ein Relikt eines Menschen, der auf einem falschen Wege war, blieb schweigend zurück.

Auf der Erde aber wurde es nicht besser. Denn der andere, der neue geld- und machtgierige Schwindler, dem die Leute diesmal hinterherrannten, führte die Menschen in einen Krieg, aus dem sie nie wieder herauskommen sollten.

Li

Dutzende Male wurde Li, die vor drei Jahren beschlossen hatte, nach Deutschland zu gehen, an der türkischen Grenze zurückgeschickt. Nett waren die Leute dort nicht, sie fühlte sich wie Aussatz, wie der letzte Dreck! Doch sie wollte ihren Traum verwirklichen. Ihre Heimat, Aleppo, lag in Schutt und Asche. Eine Apokalypse zu Beginn des 21. Jahrhunderts, einem Jahrhundert, wo sich Menschen anschickten, auf den Mars zu fliegen und Computer erfanden, die über sich selbst nachzudenken vermochten. Doch das war auf der anderen Seite der Welt, dort, wo die Menschen mit schönen und sauberen Sachen durch breite, aufgeräumte Straßen stolzierten und mit teuren Wagen durch die fein gekämmte City rauschten. Dort, wo es ausreichend zu essen und zu trinken gab, dort musste das Leben schön und angenehm sein. Keine Angst mehr zu haben, irgendwann nachts von Vergewaltigern oder Soldaten aus der Wellblechhütte gejagt zu werden, das hatte sich Li immer erträumt. Doch *ihre* Welt sah anders aus. Das Krachen von Geschützen, das Knallen und Knistern von zusammenfallenden Häusern, das Schreien sterbender Menschen und das hilflose Weinen von hungernden Kindern, die im Kriegsgewirr hoffnungslos verloren schienen, all das ging ihr nicht mehr aus dem Sinn.

Irgendwann fand sie sich wieder in einem dreckigen, stinkenden Camp an der türkischen

Grenze. An einem Ort, wo kein Mensch gern sein wollte – oder sollte. Dort, wo alle Menschlichkeit vergessen war und nur Anarchie und Stärke zählten, von dort wollte sie weg. Doch immer wieder brachte man sie dorthin, wenn sie mal wieder aus der Ruinenstadt Aleppo geflohen war. Immer hatte sie diese diffuse Angst, eine schwere Krankheit zu erleiden, die sie dann irgendwo am Rand der Welt sinnlos krepieren ließ. Bisher hatte sie durchgehalten und die Erinnerung an ihre im Krieg gestorbenen Eltern, das zusammengebombte Haus und die Panik, alles ewig erleben zu müssen, wog schwer, sehr schwer.

Längst hatte sie ihr Geld, welches sie sich im letzten Flüchtlingscamp nachts beim Sex mit schmierigen und aggressiven Männern „verdient" hatte, aufgebraucht. Doch diesmal wollte sie es schaffen! Als man sie aber erneut an der Weiterfahrt hinderte, den LKW mit den anderen 60 Flüchtlingen, von denen sie nicht wusste, woher sie alle kamen, stoppte und konfiszierte, glaubte sie, es ginge nicht mehr weiter. Alles schien zu Ende und sie brach weinend und zitternd zusammen.

Lange lag sie so hilflos im Dreck und es kümmerte sich keiner um sie. Irgendwann packte sie eine starke Faust und schleifte sie in einen Container, der am Rande des vollkommen überlaufenen Lagers stand. Es roch nach Abfällen und Kot und Li wusste nicht, ob sie diesmal sterben müsste oder nicht.

Die Faust warf sie in einen engen kühlen Raum. Dort lag sie dann und schlief erst einmal. Als sich die Tür wieder öffnete stand da ein junger Mann. Irgendwie schien es ihr, als wenn um seinen Kopf etwas leuchtete – es sah aus wie ein funkelnder Ring aus winzigen Sternen. Aber sie wusste auch, dass sie geschwächt war und am Ende aller ihrer Kräfte. Innerlich hatte sie es aufgegeben, weiter an die Zukunft oder gar Deutschland zu denken, dem Land, in dem Milch und Honig flossen, wie sie glaubte.

Der junge Mann setzte sich neben sie und nahm behutsam ihre kleine Hand. Sie spürte Wärme, endlose Wärme. Und plötzlich war alles gar nicht mehr so schlimm. Und obwohl der Fremde noch kein einziges Wort gesprochen hatte, fühlte sie sich sicher und geborgen, so, wie sie es bisher noch nie gefühlt hatte. Sie wollte etwas sagen, wollte den Fremden fragen, wer er war und wieso er bei ihr war. Doch sie konnte es nicht, fühlte sich noch immer zu schwach, um den Mund zu bewegen, um zu sprechen. Der Fremde schien das zu spüren, und sagte dann mit leiser Stimme: *„Sag nichts, ruhe dich aus, du brauchst bald sehr viel Kraft. Wir werden dann aufbrechen, wenn es dir etwas bessergeht."*

Li betrachtete sich das Gesicht des Fremden – er trug einen Bart und sein dunkles Haar rahmte sein liebevolles gutherziges Gesicht ein, als ob es ein Schutz sei.

Ob er es wohl ehrlich meinte – sie glaubte kaum noch daran, aber sie wollte daran glauben, sie wollte immer an das Gute glauben, sie wollte es! Sie war noch recht schwach und merkte schließlich gar nicht, wie sie wieder einschlief.

Wie viel Zeit vergangen war, wusste sie nicht. Als sie ihre Augen öffnete, saß der Fremde noch immer neben ihr. Auch er schien wohl geschlafen zu haben, denn als sie zu ihm schaute, öffnete er seine Augen.

Sonderbarerweise und als ob er einem fremden Befehl gehorchte, flüsterte er dann: *„Wir müssen jetzt aufbrechen. Hinter dem Container wartet ein Fahrzeug. Es wird uns in die Türkei bringen. Komm, wie müssen los."*

Vorsichtig half er ihr auf und sie fühlte sich sonderbarerweise ziemlich ausgeschlafen und stark. Auch in ihr drin schien sich etwas verändert zu haben. Sie fühlte sich gut und gar nicht mehr so verloren wie eben noch.

Der Fremde hatte ihre Hand bislang nicht losgelassen, er zog sie vorsichtig aber energisch hinter sich her. Es war so, als wenn er selbst besorgt sei, dass noch irgendetwas schiefgehen könnte.

Hinter dem Container stand ein schwarzer verbeulter PKW. An Steuer saß ein älterer Mann und Li meinte, dass es vielleicht der Vater des Fremden sei. Doch fragen wollte sie nicht danach, denn sie wollte auf keinen Fall, dass noch irgendetwas Schlimmes geschah.

Schnell setzten sich die beiden auf die hinteren Sitze, dann ging es auch schon los. Mit ausgeschalteten Scheinwerfern glitt das Auto beinahe geräuschlos durch die Nacht. Doch was war das? Irgendwie schien der sonst so buckelige Weg gar keine Buckel und Löcher mehr zu haben, denn die Fahrt war ruhig und es gab kaum Erschütterungen – das war schon sehr sonderbar.

Ewig dauerte die Reise und Li wusste nicht, ob sie bereits in der Türkei waren oder noch irgendwo im syrischen Grenzgebiet. Aber dann schien es geschafft. Doch nein, augenblicklich krachte und knallte es ohrenbetäubend. Li kannte das nur zu gut – auch im Krieg in Aleppo hatte sie dies Geballer gehört – es war das Feuer von Granaten und Geschützen! Man hatte sie wohl entdeckt und schien auf sie zu schießen. Li zitterte am ganzen Leib, doch da ergriff der Fremde ihre Hand und hielt sie ganz fest.

„Keine Angst, sie sehen uns nicht und können uns nichts tun."

Die Worte des Fremden schienen ihr so vertraut, so, als ob sie ihn schon ewig kannte. Doch sie kannte ihn ja nicht und sie wurde wieder ruhig.

Noch lange hielt das Krachen der Kanonen und die Schüsse aus unzähligen Maschinenpistolen an. Und es war ganz seltsam, je mehr draußen geschossen wurde, umso sicherer schien sich der Fremde zu fühlen. Er schien ganz genau zu wissen, dass die Schüsse keine Gefahr darstellten. Auch Li wurde wieder etwas ruhiger und irgendwann war der grausame Spuk vorbei.

Leicht glitt das Fahrzeug durch die kaputte Landschaft und nichts schien sie aufzuhalten. Auch schien sie niemand mehr zu entdecken. Sie waren unterwegs und Li war es, als wenn schon bald ein neues Leben für sie beginnen würde. Ja, sie wusste es, ganz genau sogar.

Sie hatte sich sehr gefürchtet und sich eng an den Fremden angekuschelt. Das erste Mal in ihrem Leben spürte sie Geborgenheit und Sicherheit und wollte nie mehr von dem Fremden fortgehen.

Sie musste wohl eingeschlafen sein, denn als sie erwachte, war es hell und sie saß in einem Sessel. Er war sehr bequem, doch von dem Fremden fehlte jede Spur. Wie war sie nur hierhergekommen – sie konnte es einfach nicht sagen. Langsam kehrten die Erinnerungen zurück: die Abreise, die Schüsse, die Fahrt und der Fremde. Ja, wo blieb er eigentlich? Und wo war sie überhaupt? Vorsichtig und noch ein wenig ängstlich schaute sie sich um.

Der Sessel stand in einem leeren Raum. Plötzlich aber wurde die Tür geöffnet. Eine resolute ältere Dame in modischen Kleidern stand vor ihr und sprach auf Englisch: *„Da sind Sie ja endlich. Sie wurden mir schon angekündigt. Dies hier ist ihre neue Wohnung. Es ist alles bezahlt – die Wohnung gehört ihnen. Der Prinz lässt Ihnen ausrichten, dass er wieder heimgefahren ist. Sie sollen es sich bequem machen – und – der Kühlschrank in der Küche ist* *auch voll. Dann noch was: auf dem Fensterbrett liegt Ihre Bankkarte und sie brauchen sich auch keine Sorgen mehr zu machen – es ist alles geklärt, auch die Sache mit dem Amt."*

Li wusste nicht, was sie sagen sollte. Welcher Prinz und wieso war alles schon geklärt?

„Wo bin ich", stieß sie stotternd hervor. *„Na in Deutschland, in München, wussten Sie das nicht? Na egal, viel Glück in der neuen Wohnung!"*

Die Dame verschwand und Li erhob sich aus ihrem Sessel. Das Wunder, von dem sie stets geträumt hatte, von dem sie immer wusste, dass es niemals eintraf, war wohl wahr geworden.

Später teilte man ihr mit, dass der Prinz noch vielmehr für sie getan hatte. Er hatte ihr ein Konto eingerichtet, worauf hunderttausend Euro lagen. Das war für ihren Neubeginn. Sie lernte Deutsch und studierte Jura. Und sie wurde eine erfolgreiche Rechtsanwältin. Eines Tages lernte sie einen Mann kennen, der sie sehr liebte – es war ein Prinz aus dem Nahen Osten. Und manchmal, wenn es Nacht war, glaubte sie, um seinen Kopf einen leuchtenden Schein aus unzähligen funkelnden Sternchen sehen zu können.

Kornkreise

Es war ein sonniger Morgen in der Grafschaft North Essex in England. Burt radelte vergnügt durch die Straßen seiner Heimatstadt und wollte doch eigentlich nur zur Arbeit ins Büro. Doch irgendetwas schien heute anders als sonst, er spürte es genau. Deswegen fuhr er einen riesigen Umweg, denn er hatte noch genügend Zeit. Und so fand er sich schließlich an seinem idyllisch gelegenen Lieblingsplatz, am Rand der Stadt wieder. Er nannte diesen beschaulichen Vorort Grand Blue und er fuhr oft dorthin, wenn er sich erholen wollte. Die alte hölzerne Bank, die gleich neben der kleinen Kirche stand, war diesmal sein Ziel. Als er sich setzte, hörte er sie, diese Stille, diese Genügsamkeit und er wollte einfach es nur noch genießen. Eine kleine Weile blinzelte er in die Sonne und hätte wohl noch eine Ewigkeit an dieser Stelle ausgeharrt, wenn es nicht plötzlich einen ohrenbetäubenden Knall gegeben hätte. Burt zuckte zusammen, was war das?

Aus Richtung des Bankgebäudes stieg dicker Qualm empor und dann sah er vermummte Männer die Straße in seine Richtung hinaufrennen. Sie trugen Gewehre und schossen wie wild um sich. Zeit zum Überlegen blieb Burt nicht mehr, denn eine Kugel streifte seine Hand. Sie blutete stark und Burt sprang auf, um sich auf sein Fahrrad zu schwingen. Mit aller Kraft trat er in die Pedale und er hörte nur noch, wie die Kugeln dicht an seinem Kopf vorüberzischten. Gefühle oder Empfindungen hatte er längst nicht mehr, hatte sie einfach abgestellt und er fuhr und fuhr und fuhr. Zwischen den üppigen Feldern hielt er kurz an. Und da waren sie wieder. Es mussten Terroristen, nur, was wollten sie ausgerechnet von ihm? Er war doch weder Geheimnisträger noch bei der Army. Nein, er wusste es nicht und so gab er seinem Fahrrad die Sporen. Irgendwann allerdings ging ihm die sprichwörtliche Puste aus und er hielt an. Nicht einmal sein Fahrrad konnte er noch festhalten, so sehr hatte er sich verausgabt und er kippte mitsamt seinem Drahtesel einfach ins Feld hinein.

Doch was war das? Er fiel nicht etwa hart oder gar unsanft auf die Erde, nein, er fiel wie in einen Haufen weicher Federn mitten hinein. Er fühlte nicht einmal mehr worauf er da sank und als er sich umschaute, war die Landschaft in ein angenehmes Violett getaucht. Auch das wilde Schießen seiner Verfolger konnte er nicht mehr hören und ein merkwürdiger Verdacht kroch wie ein böses Omen in ihm hoch: *War er etwa schon tot?*

Als er so lag und sich umschaute, bemerkte er, dass die Kornhalme um ihn herum, allesamt niedergedrückt waren. Es roch brenzlig und verschmort und die Luft flirrte wie über einer Asphaltstraße bei großer Hitze. Was ging hier nur vor? Als er nach unten schaute, erschrak er. Er lag nicht etwa auf den Kornhalmen oder auf dem Acker dazwischen. Er schwebte wie ein Luftballon über einem riesigen Kornkreis. Irgendeine seltsame Kraft, eine Energie, die doch so angenehm und weich war, umschloss seinen Körper und nicht einmal das Sonnenlicht brachte ihn zum Schwitzen. Der brenzlige Geruch verschwand und ein Duft von Lavendel breitete sich um ihn herum aus. Er wollte sich aufrichten, doch aus irgendeinem Grunde ging das nicht. Und als er rufen wollte, sich bemerkbar machen wollte, funktionierte auch das nicht. Wie eine Feder schwebte er zwischen Leben und Tod oder zwischen Erde und Himmel und nahm kaum noch etwas wahr.

Als er an sich herunterschaute, bemerkte er, dass auch seine Verletzung an der Hand verschwunden war. Wie konnte so etwas nur möglich sein? Ein Wunder, oder?

Plötzlich bemerkte er, wie aus den benachbarten Kornkreisen -und er wusste genau, dass es 19 waren- Lichtstrahlen in den Himmel schossen. Sie waren Violett und Türkis und sahen aus wie Laserstrahlen, die jemand zielgerichtet ins All schoss. Am Himmel erschien ein Schatten, eine riesige transparent wirkende Scheibe, ein Diskus. Burt erschrak, das musste ein Raumschiff sein, oder?

Die Scheibe drehte sich langsam um sich selbst und gab dabei keinen einzigen Ton von sich. Lautlos senkte sie sich vom Himmel herab und blieb in Höhe der Baumwipfel abrupt stehen. Ein violetter Lichtstrahl tastete die Kornkreise ab, und als er Burt ertastete, verschwand er wieder.

Es war nur ein kurzer Augenblick, aber in diesem einen Augenblick fühlte Burt wieder etwas. Es war eine unbegreifliche starke Liebe, ein Gefühl, zu etwas Unbekanntem, Riesigem zu gehören, das er kannte, das er sich aber nicht vorzustellen vermochte. Es musste mit diesen Kornkreisen zusammenhängen, mit diesem Diskus vielleicht, oder aber mit einer anderen Intelligenz? Und obwohl er weder einen Außerirdischen sah noch das beinahe durchsichtige kreisrunde Raumschiff richtig erkennen konnte, so spürte er dennoch diese Erhabenheit des Augenblicks, diese Größe und Anmut, die er bis dahin noch nie zuvor empfunden hatte. Es war grandios, das erste Mal in seinem Leben fühlte er sich wie ein Wesen, das alles, aber auch wirklich alles schaffen konnte.

Die gesamte Gegend in diesem Kreis war angefüllt von Hingabe und von endloser Güte. Was konnte das nur sein, das derart heftig von seiner Seele, ja, von seinem ganzen Wesen Besitz zu ergreifen vermochte?

Der Augenblick verging und mit ihm auch der transparente Diskus. Er löste sich einfach in Luft auf und Burt sank sanft in die weichen plattgedrückten Kornhalme des Kreises herab. Nichts schien mehr violett oder roch nach Lavendel, vielmehr kehrte die Wirklichkeit zurück und Burt konnte sich wieder bewegen. Langsam erhob er sich und erinnerte sich: wo waren eigentlich seine Verfolger geblieben?

Als er auf seine Armbanduhr schaute erschrak er fürchterlich. Denn seit seinem Eintreffen auf diesem Feld musste ein ganzer Tag vergangen sein. Jedenfalls zeigte die Datumsanzeige den nächsten Tag an, der eigentlich noch lange nicht sein konnte. Allerdings lag sein Fahrrad noch neben ihm und er schob es, als er das Feld verließ.

Als er sich noch einmal umschaute, konnte er sie noch einmal bewundern, jene 20 sagenhaft großen Kreise, die gleichmäßig geformt und wie ein Zeichen aus einer anderen Welt in das Feld der menschlichen Erde eingelassen waren. Majestätisch lagen sie inmitten einer Welt, die für Menschen und auch für Burt so viele Wunder in sich barg, dass man sie gar nicht alle aufzählen konnte. Burt hatte Tränen in seinen Augen, denn in den vergangenen Stunden, die für ihn so ungeheuer schnell wie Minuten, beinahe wie Sekunden vergangen waren, hatte er etwas kennengelernt, das er noch nie in sich gefunden hatte. Es war eine Zusammengehörigkeit mit allem, was das Universum hervorgebracht hatte, was das Leben ausmachte und doch so einzigartig schien, wie nichts sonst. Selbstbewusst und zielsicher schwang er sich auf sein Fahrrad und fuhr in die Stadt, wo er zur Arbeit ins Büro wollte. Dort wunderte man sich über sein Erscheinen, denn es war etwas geschehen. Etwas, von dem selbst Burt nicht geglaubt hatte, dass so etwas je geschehen könnte. Dort, wo sein Lieblingsplatz war, wo er eben noch im Kornkreis gelegen hatte, hatte es einen Giftgasanschlag geben und viele Menschen waren ums Leben gekommen. Seit dem gestrigen Tag herrschte Ausnahmezustand und die Menschen wurden angehalten, nicht zur Arbeit oder aus dem Haus zu gehen und daheim zu bleiben. Burts unerklärlich sorgloses Verhalten ließ seine Teamkollegen erstarren.

Als er schließlich gefragt wurde, warum er gekommen sei und wie es ihm ergangen war, als die Attentäter die Giftgasbombe zündeten, meinte Burt nur mit einem merkwürdigen Blick zu den schweigenden Feldern am Rande der Stadt: *„Ich habe inmitten von zwanzig Kornkreisen gelegen, irgendwo zwischen Himmel und Erde!"*

Verbrenne du Hexe!

Es war nicht sonderlich viel, was sie sich zu ihrem baldigen sechzigsten Geburtstag noch wünschte. Vielleicht ein bisschen Zufriedenheit, ein wenig Gesundheit, und dass der Billigfusel nicht so schnell zu Ende gehen mochte. Aber ob das wirklich so sein könnte -oder dürfte- das wusste sie nicht.

Sie: Traude, 60, arbeitslos,
nicht besonders schön, alleinlebend, arm!

Die Ideen gingen ihr jedenfalls niemals aus! Und so sann sie vor allem nächtelang nach, wie sie die Leere in ihrem Kopf bekämpfen könnte. Immerhin, sie war ja wieder Single, weil der Kerl, den sie mal hatte, längst davongerannt war. Außerdem kam in diese winzige Plattenbau-Bude sowieso keiner, warum auch immer. Trotzdem, und sie spürte es genau, musste es doch wenigstens noch ein ganz klein wenig Hoffnung, oder so etwas wie Freude, geben können, oder?

Da las sie eines nachts in einer der kostenlos verteilten Schmierblätter, dass irgendein Fernsehsender „Freiberufliche Hexen" suchte, die viel Lebenserfahrungen besaßen und irgendwie eine gewisse Spur von Zukunft voraussehen konnten. Traude wusste nicht, ob sie so was konnte, sie wusste nur, dass sie sich sehr gut vorzustellen vermochte, wie ihr eigenes, nicht gerade sehr sinnreiches Dasein, morgen weiterlaufen würde.

Und so raffte sie die Röcke, schnappte ihre Gürteltasche und lief los.

Die S-Bahn war knallvoll, weil mal wieder irgendwelche Bediensteten streiken mussten. Sie waren wohl mit ihrem Gehalt nicht einverstanden. Traude verstand das nicht, sollten die nicht zufrieden sein mit dem, was sie hatten? War Arbeitslosigkeit und das Gefühl, keine Hoffnung mehr zu haben, nicht viel schlimmer als mal drei Mark weniger zu bekommen? Naja egal, sie wollte jedenfalls schnellstens zu dem Fernsehsender in der Stadtmitte.

Es war schon ein ziemlich heißer Tag und sie japste wegen ihrer vielen Kilos, bis sie endlich in der engen Straße ankam. Der Sender befand sich im achten Stock und der Fahrstuhl war defekt. So hielt sie aller zwei Etagen inne und schaute mit verbissener Miene aus dem Hausfenster auf die ziemlich belebte Straße. Als sie oben war, erkundigte sie sich, ob das Angebot auch noch aktuell war. Die junge Blondine an der ein wenig bunt dekorierten Rezeption schaute zwar ein wenig skeptisch, vielleicht weil Traude so gar nicht aussah wie eine zielorientierte Karrierefrau, doch nachdem ihr ein junger Kollege eine Tasse mit duftendem Kaffee vor ihre Nase schob, schien sie doch wohlwollend zu sein, lächelte sogar eine Millisekunde und nickte dann mit ihrem stark geschminkten Köpfchen. Vermutlich bedeutete das so viel wie: Ja, du kannst dich setzen, es kommt gleich jemand. Traude nahm Platz und wartete und wartete und wartete.

Und dann öffnete sich eine Tür – ausgerechnet jetzt, wo sie ganz plötzlich und unvermittelt aufs Klo musste. Doch sie biss sich auf die Zunge, wollte diesen wichtigen Termin nicht mit einer solch unheilvollen Banalität verballern.

Der sympathische Mittvierziger, der sich in seinem hoffnungsvoll wirkenden blauen Anzug recht wohl zu fühlen schien, war irgendwie angetan von der mutigen kleinen Frau, die trotz ihrer vielen Pfunde den anstrengenden, wenngleich wenig chancenreichen Weg hierher genommen hatte. Und so bat er Traude ins Büro. Nach einem kurzen Gespräch war klar: Traude bekommt den Job!

Solch eine Freude hatte Traude wohl noch nie zuvor gefühlt, denn die Ablehnungen der letzten Jahre hatten ihrem Selbstbewusstsein schon ziemlich zugesetzt.

Sie durfte auch gleich anfangen, denn eine Kollegin, die bislang als Hexe ausgeholfen hatte, war krank geworden. Traude nahm in dem etwas kleinen, aber immerhin klimatisierten Studio Platz und wartete auf die ersten Anrufe. Der Chef zwinkerte ihr aufmunternd zu, und dann war es endlich soweit, der erste Anrufer wurde durchgestellt!

Zuerst traute sich Traude nicht so richtig, schien ihr doch die ganze Situation nicht so ganz geheuer zu sein. Aber dann, nach einigen Hyperventilationen und dem mehr als lästigen Herzstolpern besann sie sich, dachte an das Geld, welches sie sich dazuverdienen konnte und sprach.

Es gelang alles wunderbar und schon in der ersten Pause fühlte sie sich so richtig gut. Es war ein wundervolles Gefühl, welches sich in ihrem Magen breitmachte, sich dann ihres gesamten Körpers bemächtigte und sie schließlich voll und ganz in sich einhüllte. Ja, so hatte sie es sich wirklich vorgestellt – na, vielleicht nicht ganz so gut, aber es lief!

Der Tag verflog wie am Schnürchen, und dann klingelte das Studiotelefon zum letzten Mal. Eigentlich wollte Traude ihre mittlerweile auswendig gelernte Nummer wie den ganzen Tag auch schon, abspulen, doch dann erschrak sie. Denn die Stimme am anderen Ende schien voller Hass und voller Wut zu sein. Erst murmelte sie, dann zischte sie unverständliches Zeug, bis sie schließlich: *„Verbrenne du Hexe"* brüllte. Mehrmals tat sie das und Traude wusste plötzlich nicht mehr, was sie antworten sollte. Sie war schlichtweg überfordert und schaute unsicher um sich.

Eine Redakteurin betrat kaum hörbar das Studio und zeigte andauernd auf das Telefon. Das sollte wohl so viel heißen wie: lege endlich auf, du dumme Nuss! Und endlich begriff es auch Traude, sie legte auf und atmete tief durch. Dennoch ließ ihr dieser bösartige Anruf keine Ruhe mehr. Sie konnte es sich nicht erklären, aber aus irgendeinem Grunde wollte sie wissen, wer das war, wer sie so beschimpft hatte.

Die nette Kollegin meinte zwar, dass so etwas schon mal passieren könnte, man sich deswegen nicht sorgen möge, doch Traude sah das alles anders. Sie spürte es in ihrem Inneren und ein heftiger Druck schnürte ihr beinahe die Kehle zu. Was konnte das nur sein, hatte sie vielleicht am Ende doch diese mystischen Kräfte, welche bei diesem Sender für so hoch und heilig gehalten wurden? War sie jetzt vielleicht schon spirituell geworden? Sie wollte es nicht glauben, fand aber, dass sie den Anrufer finden musste.

Und so erkundigte sie sich nach der Telefonnummer, die in der Redaktion aufgezeichnet wurde. Zunächst wollte man ihr die Nummer nicht geben, aber dann, und nach einigem Augenzwinkern später, willigte die lesbische Redakteurin endlich ein. Traude bedankte sich artig und verabschiedete sich nett. Dann rannte sie die Treppen nach unten und blieb in einer Hausecke abrupt stehen. Krampfhaft zog sie ihr Handy aus der Hosentasche und wählte die Nummer, die sie sich auf einem Zettel notiert hatte. Es meldete sich wieder diese sonderbare Stimme, von der sie nicht erkennen konnte, ob sie einem Mann oder einer Frau gehörte. Die Stimme hörte sich blechern, einsilbig, ja sogar so hoch wie eine Frauenstimme an, was sie aber dann doch wieder nicht sein konnte, weil sie einen tiefen basshaften Unterton in sich trug.

Schnell drückte Traude den Anruf weg und wusste nicht, ob sie ihren Plan immer noch ausführen sollte. Vielleicht war das ja doch zu dämlich, vielleicht sollte sie diesen albernen Anrufer sein lassen und morgen einfach ganz normal, als sei nie etwas gewesen, weitermachen. Doch so war sie nicht, sie konnte nicht einfach so weitermachen! Sie war nicht so, sie hatte Gefühle und sie hatte Stolz. Sie hatte auch eine grenzenlose Neugierde in sich drin, die sie wahrlich selten genug auslebte. Und so rief sie einfach nochmal an! Diesmal meldete sie sich mit *„Polizeiobermeisterin Traude Müller"*, die einem anonymen Hinweis nachgehen sollte.

Unverblümt fragte sie nach der Adresse der fremden Person und erfuhr diese nach einigem Stöhnen sogar. Die Person lebte in Kreuzberg, in einem unsanierten, düsteren Mietshaus. Ziellos stand Traude davor und wusste nicht genau, ob sie an der Klingel mit der Aufschrift *„Knaupe"* klingeln sollte. Wer war *Knaupe* wohl, ein Mann, eine Frau, am Ende vielleicht ein Kind, ein Teenager vielleicht?

Sie klingelte, meldete sich, und dann knarrte der Türöffner. Schnell sprang sie in das dunkle modrige Treppenhaus und las an einer Tafel, dass *Knaupe* in der dritten Etage lebte. In einer Ecke entdeckte sie einen Fahrstuhl, der wohl noch aus dem neunzehnten Jahrhundert stammen musste. Sie wagte es, stellte sich in die kleine miefige Gondel und schloss dann die schmiedeeiserne Gittertür des Liftes. Langsam und rumpelnd setzte sich das altertümliche Ding in Bewegung und irgendwann blieb es in der dritten Etage stehen. Dort sah es auch nicht viel ge-

45

pflegter, und schon gar nicht sauberer aus. Überall lag Dreck, den niemand weggekehrt hatte, lagen zerrissene Zeitungen, und dort, wo am meisten Dreck herumlag, entdeckte sie das Klingelschild mit dem Namen *Knaupe*. Die Klingel musste man noch drehen, und irgendwie hatte Traude den Verdacht, für diese antike Klingel in einem Antiquariat vielleicht noch einiges zu bekommen. Sie drehte einmal und der blecherne Klingelton erschreckte sie ein wenig. War ihr Entschluss wirklich richtig?

Es dauerte ein wenig, aber dann öffnete jemand und Traude musste grinsen. Denn sie konnte noch immer nicht erkennen, wer das war, der da vor ihr stand. Das hutzelige, ärmlich bekleidete Männchen war doch weder Fisch noch Fleisch, war's nun eine Frau oder doch ein Mann? Schließlich stellte sich heraus, dass es ein Mann war, ein junger Mann, der sie höflich aber bestimmt in die kleine Wohnung bat. Dort sah es beinahe so heruntergekommen aus wie im gesamten Gebäude. Doch das störte Traude in diesem Moment nicht so sehr. Sie wollte nur wissen, wer die Person da vor ihr war. Es gestaltete sich ein wenig schwierig, mit dem einsilbig wirkenden Mann zu sprechen. Doch dann ließ sie ihre Maskerade fallen und redete ungezwungen mit dem Mann, der sich Günter nannte. Sie wollte wissen, warum er sie so angebrüllt hatte, und sie wollte wissen, warum sie verbrennen sollte.

Was der vermeintliche Günter dann meinte, ließ sie beinahe erschaudern. Denn Günter war ein Hexenhasser, ein Frauenfeind, der schon seit Jahren niemanden mehr hatte.

Die beiden unterhielten sich eine ganze Weile und Traude merkte auf einmal, dass sie die Menschen nicht ändern konnte, auch, wenn sie mit ihnen persönlich sprach. Günter war uneinsichtig und böse. Immerfort meckerte er, schimpfte auf die vielen, viel zu freizügig gekleideten Frauen und meinte dann, dass Traude eine hässliche Hexe sei. Als er aber plötzlich von Hexenverbrennungen und lodernden Flammen sprach, in welche man alle Hexen werfen müsse, hatte Traude genug. Sie verließ die Wohnung und bedankte sich doch noch für die Zeit, die dieser Günter für sie erübrigt hatte. Immerhin, sie hatte sich getraut und sie hat die Adresse ausfindig machen können. Sie war mutig und war der Sache auf den Grund gegangen.

Doch die letzten Worte von Günter waren nicht sehr nett, denn leise zischte er: *„Du Hexe, du auch sollst brennen!"*

Traude war froh, nach wenigen Minuten wieder auf der sicheren Straße einzutreffen. Sie atmete erst einmal tief durch und spürte, dass sie trotz ihrer eigenen Sorgen doch ein wesentlich freieres und schöneres Leben führen konnte als dieser offensichtlich total verbitterte und verbiesterte Kerl. Und sie strich durchs Haar und fühlte sich irgendwie frei, befreit sogar. Als sie in der S-Bahn in Richtung Heimatadresse rauschte, gab es plötzlich einen heftigen Knall. Ruckartig blieb die Bahn stehen und qualmte. Aus irgendeinem unerfindlichen Grund ließen sich die Türen nicht mehr öffnen und Traude bemerkte mit Schrecken, dass an einigen Stellen Flammen aus dem Fußboden quollen.

Sie konnte gar nicht so schnell denken und bekam furchtbare Panik. Wie sollte sie, wie sollten all die anderen Menschen, hier nur wieder herauskommen?

Da bemerkte sie, wie sich in dem dichten Rauch ein Gesicht zu formen begann. Bildete sie sich das nur ein oder war es wirklich da? Offensichtlich hatte sie bereits Halluzinationen, oder ihre Angst spielte ihr einen gehörigen Streich, jedenfalls lachte das Gesicht und Traude erkannte es sofort: es war Günter, den sie eben besucht hatte! War das seine Rache? War das sein Fluch vielleicht, dass sie nun doch brennen würde? Aber wieso, was hatte sie eigentlich falsch gemacht, dass sie so bestraft werden müsste? Sie sah es nicht ein, ließ sich nicht darauf ein, fuchtelte mit ihren Händen im Qualm herum und zerstörte das Rauchgesicht. Einige der Fahrgäste waren bereits bewusstlos zu Boden gefallen, doch Traude hielt sich noch immer recht wacker und recht senkrecht in der brennenden Hölle.

Plötzlich nahm sie all ihren Mut zusammen, bündelte die noch verbliebenen Kräfte und richtete sich wieder auf. Mit lauter schriller Stimme brüllte sie, und sie konnte es beinahe selbst nicht fassen, was sie da tat: *„Fort mit dir, Satan! Denn nichts anderes bist du! Ich bin keine Hexe, ich bin ein guter Mensch und ich werde nicht brennen, niemals!"*

Damit trat sie wie ein tollwütiger Stier gegen die verschlossene Tür.

Und welch Wunder, dieser Tritt saß derart fachgerecht, dass alle Türen auf einmal aufsprangen. Die Menschen bekamen wieder Luft und die Flammen schienen sich aus irgendeinem unbekannten Grunde in den Boden zurückzuziehen. Traude half den bereits gefallenen Menschen wieder auf die Beine und keiner der Mitfahrenden war zu Tode gekommen. Was für ein Erfolg, was für eine wunderbare Entscheidung von der kleinen, etwas dicken Person Traude, sich auf die inneren Kräfte zu besinnen. Und nachdem die Feuerwehr den restlichen Motorbrand gelöscht hatte, wunderten sich alle, dass nicht noch Schlimmeres geschehen war. Traude hingegen war heilfroh, noch am Leben zu sein, und sie wusste es genau: sie war weder eine Hexe noch würde sie jemals brennen!

Tage später fuhr sie nochmals nach Kreuzberg, zu dem alten Haus, wo sie diesen vermaledeiten bösen Günter kennengelernt hatte. Sie wollte ihm sagen, dass seine Flüche nichts bewirkt hatten, er vollkommen umsonst seinen Hass gegen sie gerichtet hatte.

Doch als sie an die Stelle kam, wo sich kürzlich noch das alte Haus befand, gähnte eine metertiefe Baugrube. Wie konnte das sein, hatte man in dieser kurzen Zeit tatsächlich das Haus abgerissen? Wo war es nur hin und wo war Günter abgeblieben?

Als sie eine vorübereilende alte Dame nach dem vermeintlichen Haus befragte, schaute die nur unwirsch und nicht gerade erfreut zu der blauäugigen Traude auf. Dann meinte sie mit zittriger Stimme, und was sie sagte, ließ Traude bis ins Mark erschaudern: *„Das alte Haus? Das steht doch schon lange nicht mehr! Das haben die doch schon vor zehn Jahren abgerissen, weil es durch einen Brand total zerstört wurde. Es hieß, dass im dritten Stock ein recht sonderbarer Kauz gelebt haben soll, von dem man unkte, er sei der Teufel persönlich. Auch das Feuer ist damals in der dritten Etage ausgebrochen und ließ sich angeblich nicht mehr löschen. Irgendjemand meinte, dass der Sonderling wohl Günter geheißen haben soll, aber das wusste niemand."*

Traude konnte es nicht fassen, und als sie in die tiefe Baugrube starrte, glaubte sie für eine Sekunde, das Gesicht eines Gehörnten zu erkennen. Und dieser Gehörnte sah dem ominösen Günter irgendwie ziemlich ähnlich.

Arbeitsamt

Rick Millers Arbeitgeber, eine kleine landwirtschaftliche Firma, musste Insolvenz anmelden, und niemand bekam mehr Gehalt. Und so kam es wie es kommen musste: Alle wurden arbeitslos!

Bei Rick war es beinahe doppelt so schlimm. Er besaß einen kräftigen Stier namens Pedro, den er wirklich sehr liebte. Immerhin hatte er das treuherzige Tier vor drei Jahren von seinem Opa, der in Spanien lebte, geschenkt bekommen. Als der alte Mann dann starb, versprach im Rick am Sterbebett, das er stets gut auf Pedro aufpassen würde und er auch immer ausreichend Futter bekäme. Nur die kleine Farm, welche der Groß-vater besaß, konnte Rick nicht bewirtschaften. Sie stand fortan leer und gammelte vor sich hin, weil sich kein Käufer für sie fand.

Und was war mit Rick? Der wusste nicht ein-mal, wie er seinen eigenen Magen füllen konnte. Die Stütze reichte gerademal für eine einzige spärliche Mahlzeit am Tag und die Auslagen für die Fahrten zu potenziellen Firmen, die ihn dann doch nicht einstellen wollen, weil er mit 45 Jah-ren schon viel zu alt war. Niedergeschlagen stand er schließlich vor Pedros winziger Einfrie-dung seines noch viel winzigeren Hauses und weinte bitterlich. Er hatte einfach keine Idee, wie er Opas Stier durchbringen sollte. Und so stieg er die Treppen nach oben und wollte einen Tier-park anrufen, um seinen besten Freund dorthin zu verkaufen. Als er das dicke Telefonbuch aufschlug, fiel ihm eine große Anzeige auf. Darin warb eine Lottogesellschaft, doch endlich wieder einmal Lotto zu spielen. Rick zählte seine drei Groschen zusammen und fand, dass er als letzten Ausweg diese Möglichkeit nutzen könnte. Das Geld reichte gerade so und schon warf er sich seine Jacke über, um zur Lotto-Annahmestelle zu gehen. Der Tag war schön und der Ladenbesitzer zog ein freundliches Gesicht. *Vielleicht würde ja doch alles wieder gut*, dachte sich Rick und nahm seinen neuen Lottoschein fest an sich.

Wieder daheim bereitete er Pedro das Abendessen zu und setzte sich vor sein Fernsehgerät. Genüsslich öffnete er die letzte Flasche Bier und harrte der Lottozahlen, die da kommen mochten.

Die Sendung begann und eine Zahl nach der anderen wurde gezogen. Und es war wie ein Wunder, eine Zahl nach der anderen war richtig! Rick konnte sein Glück kaum fassen! Er hatte tatsächlich gewonnen und würde vermutlich Millionen bekommen! Voller Glück leerte er die Bierflasche und legte den Lottoschein vor sich auf den Tisch. Schnellstens wollte er zu Pedro, um ihm die wundervolle Nachricht zu überbringen. Und selbst der Stier schien sich zu freuen; er schnaubte und scharrte mit seinen Vorderhufen auf dem Steinfußboden des engen dunklen Kellerraumes.

Als Rick jedoch wieder oben in seinem Wohnzimmer eintraf, war der Lottoschein verschwunden. Verzweifelt suchte er beinahe das gesamte Haus ab, doch der vermaledeite Schein war nirgends mehr zu finden. Schon den Tränen nahe, wusste sich Rick einfach keinen Rat mehr und sank kraftlos zu Boden. Nun schien wohl alles zu Ende und er würde wohl oder übel seinen geliebten Pedro verkaufen müssen.

Todtraurig legte er sich ins Bett, und schlief doch einfach nicht ein. Und es war ganz seltsam, aber aus der anfänglichen Lethargie wurde grenzenlose Wut und abgrundtiefer Hass. Warum nur ging das Schicksal so rüde und gemein mit ihm um? War er nicht immer nett zu den anderen Menschen, und hatte er nicht viel zu oft verlieren müssen? Stand ihm nicht endlich eine angemessene Belohnung für all die vielen miesen Jahre seines erfolglosen Lebens zu? Zu allem entschlossen nahm er sich vor, gleich am nächsten Morgen zu seiner Beraterin auf dem Arbeitsamt zu gehen, um sich irgendeine Arbeit zu erbetteln.

Gedacht, getan! Am nächsten Morgen stand er schon sehr früh auf und wollte sofort loslaufen. Doch da fiel ihm sein armer Freund Pedro ein. Der stand sicherlich traurig im Keller und litt.

Eine verwegene Idee schoss Rick durch den Sinn: Pedro sollte mit ihm kommen, damit die Beraterin sah, wie dringend sein Fall war. Und so holte er den noch schlaftrunkenen Stier aus dem Keller und band ihm einen langen Strick um, damit er auch nicht entwischen konnte. Mit großen Augen starrten die Leute Augen hinter ihm her, denn einen Mann, der mitten auf der Straße einen Stier mit sich führte, hatten sie wohl noch niemals zu Gesicht bekommen. Und Pedro lief artig hinter Rick her und schnaufte nicht einmal.

Vor dem Arbeitsamt allerdings standen zwei schlecht gelaunte Wachleute mit Gummiknüppeln und wollten Rick nicht durchs Tor lassen.

Als der eben noch gutmütige und sanft dreinschauende Pedro wütend mit seien Hufen scharrte, sprangen die Wachen erschrocken beiseite und ließen die beiden sonderbaren Gäste hindurch. Rick dachte gar nicht daran, seinen Stier irgendwo vor dem Gebäude anzubinden. Vielmehr wollte er seiner Beraterin deutlich machen, wie wichtig die Angelegenheit war, wie dringend er einen Job brachte. Außerdem wollte er der nicht immer freundlichen Dame sozusagen am lebendigen Objekt klarlegen, dass er noch für jemand zu sorgen hatte.

Auf den Fluren des Amtes herrschte reger Betrieb. Dutzende Menschen mit mehr oder weniger frustrierten Gesichtern liefen auf und ab. Als sie Rick mit seinem Stier Pedro kommen sahen, versteckten sie sich rasch hinter den Aushängen mit den schlecht bezahlten Aushilfsjobs und trauten sich nicht mehr hervor. Rick und Pedro schritten zielsicher bis zum Zimmer der Vermittlerin, und Rick zog ganz brav eine Nummer.

Geduldig warteten die beiden, bis die Nummer aufgerufen wurde und traten schließlich ein. Die Arbeitsberaterin Lissy Hubert erschreckte sich beinahe zu Tode. Sie hatte ja schon vieles erleben müssen, aber einen Mann mit einem Stier, nein, das war selbst ihr noch niemals untergekommen.

Mit zittrigen Händen griff sie zum Telefonhörer und wollte den Sicherheitsdienst, der längst schon auf der Suche nach den beiden ungebetenen Eindringlingen war, zu sich rufen. Doch da schnaubte Pedro derart heftig, dass die arme Lissy vor Schreck den Telefonhörer fallen ließ und sich hinter ihrem Stuhl verkroch. Rick erkundigte sich energisch nach einem Job, doch Lissy winselte nur hilflos hinter ihrer vermeintlichen Barrikade herum und meinte, dass sie keinen anzubieten hätte. Nicht einmal Ricks Flehen, doch unbedingt eine Arbeit zu bekommen, half etwas.

Der leicht vibrierende ängstliche Ton der Vermittlerin und die Tatsache, dass er noch immer nichts zum Frühstück bekommen hatte, ließen Pedro erzürnen. Er schnaubte und schniefte immer lauter, scharrte fürchterlich mit seinen Vorderhufen, sodass sich die Auslegeware kringelte und ging zum offenen Angriff über. Schon hatte er die Hörner in Richtung Lissy gerichtet, da wurde die Tür aufgerissen. Mehrere Sicherheitsbeamte stürmten herein und wollten sich auf Rick stürzen. Lissy hatte sich unterdessen aufs Fensterbrett hinter ihrem Schreitisch retten können, wollte hinaus auf den Sims klettern, da sprang Pedro auch schon wutentbrannt auf die Sicherheitsleute zu. Die konnten gerade noch rechtzeitig aus dem Zimmer flüchten. In der Zwischenzeit war Lissy laut stöhnend auf ihrem Fenstersims eingetroffen und stellte erschüttert fest, dass der erste Stock wohl doch etwas zu hoch für sie sei. Sie wollte zurück ins Zimmer, doch da stand Pedro und schnaubte und scharrte wie sonst nie. Rick versuchte, seinen Stier zu beruhigen, doch es war vollkommen aussichtslos.

Pedro kannte kein Halten mehr und nahm nun die arme Lissy aufs Korn. Die versprach in allerletzter Not, Rick doch noch irgendwo unter zu bekommen. Aber da sprang Pedro auch schon auf ihren Schreibtisch und brachte sämtliche Akten von all den verschobenen Arbeitsstellen, und die vermeintlichen Sexzeitschriften, welche Lissy heimlich in der Pause durchforstete, weil sie das Alleinleben endgültig satthatte, durcheinander. Die Unterlagen flogen durch die Luft und die Ablehnungs-Bescheide vermischten sich dreist mit den Pornobildern junger knackiger Männer. Doch noch etwas anders segelte durch die Luft geradewegs an Ricks Nase vorüber, ein Lottoschein.

Und als Rick den Schein ergriff und neugierig betrachtete, stellte er fest, dass es sein eigener Schein war, den er daheim so lange gesucht hatte. Schnell rief er Pedro zurück und sprang vor lauter Glück auf und nieder. Als Pedro sein eben noch trübsinnig daherschleichendes Herrchen so glücklich umherspringen sah, wurde auch er wieder ruhig und leckte Rick zufrieden übers Gesicht. Die beiden verließen schließlich schnellstens das Büro der Vermittlerin und liefen eiligst nach Hause. Verfolgt wurden sie nicht, denn die Sicherheitskräfte hatten sich längst aus dem Staub gemacht.

Im Fernsehen wurden gerade die Gewinnquoten bekannt gegeben. Es stellte sich heraus, dass Rick etliche Millionen gewonnen hatte. Davon bezahlte er die neue Büroeinrichtung seiner Arbeitsvermittlerin, die ihm vor lauter Dankbarkeit eine neue Arbeitsstelle versprach. Außerdem verkaufte er sein winziges Haus und wanderte mit seinem Freund Pedro nach Spanien aus. Er wollte die alte Farm seines Großvaters wieder flottmachen und fortan ein ruhiges Leben führen.

Nach kurzer Zeit hatte er aus der alten Farm eine florierende Arena gezaubert, wo allwöchentlich die spannendsten Stierkämpfe stattfanden. Er wurde steinreich durch die Einnahmen aus den Kämpfen, und Pedro, der von allen Stierkämpfen ferngehalten wurde, bekam einen richtig großen Stall, ganz für sich allein.

Eines Tages erhielt Rick einen Brief vom Arbeitsamt seiner ehemaligen Stadt. Dort hatte man offenbar versäumt, seinen Namen aus der Kartei zu entfernen. Die Arbeitsvermittlerin teilte ihm mit, dass man endlich einen Job für ihn gefunden hatte: Als Torero in einer Stierkampfarena, gleich hinterm Arbeitsamt!

Das Nebenkostenguthaben

Ariane fühlte sich wohl in ihrer neuen Wohnung. Sie hatte dort genau das, was sie sich stets erträumt hatte. Und so wunderte sie sich auch nicht, dass ihr Vermieter alle nur erdenklichen Vorzüge dieser neuen, nicht allzu großen Wohnung über den grünen Klee lobte. Hier wollte sie ewig bleiben, denn jetzt hatte sie genau das, wovon sie stets geträumt hatte, eine hübsche kleine Wohnung.

Eines Tages nun, als die Nebenkostenabrechnungen anstanden, fand sie lediglich einen zerknitterten Zettel in ihrem kleinen schmalen Briefkasten vor. Darauf war handschriftlich vermerkt, dass sich die Abrechnungen ein wenig hinziehen würden. Natürlich wunderte sie sich, denn eigentlich hatte der Vermieter von einer schnellen Bearbeitung aller Anliegen gesprochen. Doch als dann auch noch das Wasser abgestellt wurde und die Heizung nicht recht funktionieren wollte, rief die erregte junge Frau dann aber doch bei eben diesem Vermieter an. Der schien gar nicht sehr erbaut von Arianes Anruf zu sein, denn er wand sich wie ein Aal und legte schließlich schlecht gelaunt, ohne dass er sich verabschiedete, kurzerhand auf. Ariane war außer sich, doch es half nichts, sie musste sich gedulden.

Als das Wasser wieder lief und die Heizung wenigstens ein bisschen Wärme spendete, fehlte noch immer die Nebenkostenabrechnung. Ein

Zufall schließlich wollte, dass sie doch noch von den vermeintlichen Abrechnungen erfuhr. Einer ihrer Nachbarn schien irgendetwas von diesen Dokumenten zu wissen, weil er eine hohe Nachzahlung zu leisten hatte. Allein aus diesem Anlass hatte sich der Vermieter bei ihm gemeldet. Allerdings fehlte dem Nachbarn noch immer die schriftliche Abrechnung.

Ariane ahnte mittlerweile, warum ausgerechnet sie noch nichts gehört hatte. Vermutlich hatte sie ein Guthaben und der Vermieter wollte ihr das Geld nicht auszahlen. So griff sie zu einer List und rief den Vermieter an! Mit verstellter Stimme gab sie vor, eine Angestellte vom städtischen Wasserwerk zu sein, die ihrerseits die Zählerstände kontrollieren wollte. Der Vermieter fiel darauf herein, und im Laufe des Gesprächs, welches Ariane geschickt in eine ganz bestimmte Richtung zu lenken verstand, verplapperte sich der falsche Fuffziger plötzlich. Er berichtete, dass Ariane ein recht hohes Guthaben erwirtschaftet habe, welches er ihr schnellstens überweisen wollte.

Ariane hatte genug gehört und gab sich letztlich zu erkennen, was ein abruptes Ende des Telefonats nach sich zog. Nun wusste sie, dass der Vermieter schwindelte, nicht mit offenen Karten spielte. Und wieder sann sie nach einer List. Doch wie sie es auch drehen und wenden wollte, der Sieger blieb am Ende stets der verlogene Vermieter!

Es war der Gevatter „Zufall", welcher der jungen, hübschen Mieterin in die Hände spielte. Denn die Firma, in welcher sie arbeitete, wollte sich an einer Charity-Veranstaltung beteiligen. In einer Fernsehsendung wollte man die Menschen zum Spenden aufrufen. Der Erlös sollte dann den Armen dieser Welt zugutekommen.

Ariane, die noch keinerlei Pläne hatte, wie sie den Lügen-Vermieter zum Zahlen ihres Guthabens verdonnern sollte, beteiligte sich rege an den Vorbereitungen für die Fernsehsendung. Und dann war es soweit, der Abend der Sendung begann und Ariane hatte sich so richtig fein herausgeputzt. Ja und wer schaute an genau diesem Abend ebenfalls diesen Sender? Richtig, Arianes Betrüger-Vermieter! Der geizige Pensionär rekelte sich genüsslich in seinem plüschigen Lehnsessel und ließ sich von Tusnelda, seiner Ehefrau, eine Flasche Bier nach der anderen kredenzen.

Doch Tusnelda hatte es schließlich satt, denn auch sie war nicht mehr so ganz von ihrem faulen Ehemann und von ihrer Ehe im Allgemeinen begeistert. Längst war sie die ständigen Befehle und die andauernden Stimmungsschwankungen ihres Göttergatten leid. Sie sann sogar schon über eine Scheidung nach; doch nach vierzig Ehejahren war solch ein brachialer Entschluss nicht gerade leicht. Deswegen wollte sie ihm einen ordentlichen Denkzettel verpassen! Heimlich mischte sie in die nächste Bierflasche, die sie ihrem Faulpelz bringen sollte, einen ordentlichen

Schuss Wodka. Sie wusste, dass dies einen unge-
übten Trinker sofort betrunken werden lassen
konnte. Leider rutschte ihr die Flasche ein wenig
ab, weil es düster in der Küche war, wo sie den
Drink präparierte. Auch daran trug ihr Ehe-
Baron die Schuld, denn er wollte Geld sparen,
und so hatte er überall die schwächsten Glühbir-
nen installiert, die es im Handel zu kaufen gab.
Das Resultat waren die halbdunklen Räume, in
welchen meistens seine Frau agierten musste.

Die Bierflasche mit dem ein-gemixten Wodka
stellte sie schließlich auf den Tisch, genau neben
ihren Ex-Liebling. Der fiel schon in den Fernseher hinein, denn gerade hatte er Ariane, seine
Mieterin erkannt. Und er wollte sich dicketun,
wollte als reicher Gönner unbedingt spenden.
Schnell griff er zum Telefonhörer und meldete
sich in der Fernsehsendung. Dort zeigte man sich
erfreut, dass sich wieder jemand an der Kam-
pagne für die armen Leute beteiligte. Ariane hatte ihren Vermieter allerdings sofort erkannt, und
sie versuchte natürlich, dem alten Knauser so
richtig viel Geld abzutrotzen.

Der schon leicht angesäuselte Vermieter ließ
sich auch tatsächlich nicht lumpen. Und so no-
tierte man auch gleich die Summe, welche er
spenden wollte, tausend Euro! Doch gezahlt
wurde nicht gleich. Vielmehr sollte der Spender
später das Geld auf eine ganz bestimmte Kontonummer des Senders überweisen. Der Vermieter,
der sich bereits wie ein kleiner König fühlte, weil
nun jeder in der Stadt durch die Fernsehsendung

erfahren hatte, wie viel er gespendet hatte, holte sein Notebook und wollte die Summe sofort auf das Konto des Fernsehsenders überweisen. Doch zuvor brauchte er dringend eine Beruhigung. Wie ein satter Kater brummend ergriff er das Bierglas, welches neben ihm auf einem kleinen Tischchen stand und setzte an, um einen ordentlichen Zug zu nehmen. Und weil er schon einige Bierchen intus hatte, bemerkte er den Wodka in dieser Flasche nicht. Er leerte sie in einem Zug!

Seine Frau hatte das Ganze grinsend mitverfolgt und freute sich diebisch, denn sie wusste längst, was gleich passieren würde. Ihr Ehe-Held tippte ziellos auf den Notebooktasten herum und wollte gerade die Kontonummer eingeben, da begann der Bierchen-Wodka-Mix zu wirken. Wie eine Kanone schoss er vom Magen geradewegs ins Hirn des überheblichen Halsabschneiders. Und er vernebelte ihm augenblicklich derart die Sinne, dass er die gesamte Kontonummer vollkommen verdreht eingab. Außerdem drückte er eine Null zu viel, setzte das Komma falsch und knallte dann volltrunken mit dem Zeigefinger auf „OK"!

Die verhängnisvolle Zahlung war nun unterwegs, allerdings nicht zum Fernsehsender.

Drei Tage später kontrollierte Ariane ihr Konto. Sie wollte eine Online-Zahlung vornehmen, weil sie sich im Internet einen ganz tollen Lippenstift gekauft hatte.

Als sie ihren Kontostand erblickte, traf sie beinahe der Schlag! Der sonst so niedrige Saldo war um genau zehntausend Euro erhöht. So hoch stand sie wirklich noch niemals im Plus! Als sie dann auch noch sah, von wem das ganze Geld kam, staunte sie, denn niemand anderes als ihr bösartiger Vermieter hatte ihr die Zahlung zukommen lassen. Da das Nebenkostenguthaben, welches er an sie längst hätte zahlen müssen, lediglich tausend Euro betrug, wollte sie das zu viel gezahlte Geld sofort an ihn zurücksenden.

Doch da rief auch schon die Ehefrau des Halunken bei ihr an. Sie hatte natürlich längst von den Guthaben-Schulden ihres Ehe-Gauners erfahren und wollte das fehlgeleitete Geld keinesfalls zurückbekommen. Sie meinte, dass Ariane das Geld behalten möge. Denn ihr aalglatter Ehemann hatte nie viel Geld für die Familie gegeben, hatte sie und die Familie stets sehr kurzgehalten. Er war auch daran schuld, dass die Kinder beizeiten wegzogen, weil sie bei einem solch üblen Knauser, von dem sie nicht einmal genug zu essen erhielten, nichts mehr wissen wollten. Nun sollte er ruhig auch mal bluten!

Ariane aber nahm sich nur ihr Guthaben, die restlichen neuntausend Euro spendete sie im Namen der Ehefrau des Vermieter-Hais an die Fernsehsendung. Dort zeigte man sich hoch erfreut über Tusneldas großzügige finanzielle Beteiligung. Zum Dank schenkte man ihr eine Reise nach Afrika. Die rüstige Dame ließ sich nicht lange bitten und fuhr bereits einen Tag später in die Ferien. Sie kam nie mehr zurück und genoss fortan ihr Leben ohne ihren einfältigen Stinkstiefel.

Ihr frustrierter Ehemann, Arianes Vermieter, spuckte vor Wut, verspekulierte sich schließlich an der Börse, weil er den Suff nicht mehr lassen konnte und verlor all sein noch vorhandenes Geld. Er musste schließlich selbst ins Armenhaus und lebte von den Almosen anderer.

Ariane aber packte ihre Koffer. Sie zog fort aus der Stadt, denn die Fernsehsendung hatte einen noch ganz anderen wohltuenden Nebeneffekt. Sie machte einen netten jungen Mann aus dem sonnigen Kalifornien auf die recht couragierte Mittdreißigerin aufmerksam.

Tja und so wurde am Ende der ehrlichen, gutaussehenden Ariane nicht nur das überfällige Nebenkostenguthaben ausgezahlt. Nein, sie fand auch noch die Liebe ihres Lebens und lebte glücklich und zufrieden bis ans Ende ihrer Tage.

Teuflische Nachbarn

Ich erinnere mich noch genau an diese furchtbar dicke Frau mit dem bösen Blick. Eigentlich war sie die Nachbarin meiner Eltern, doch ich wusste, dass sie nicht nur das war. Denn immer, wenn sie allein vorm Hause stand und zu unseren Fenstern hinaufschaute, verwandelte sich ihr trüber Blick in zwei tiefe schwarze Höhlen, die alles, was hell und aus Licht bestand, in sich zu verschlingen drohten. Selbst ihr hagerer Ehemann, der dem Alkohol näherstand als sich selbst, schien mit dem Teufel im Bunde. Sein weißliches Gesicht und sein bitterböser Blick drohten alles um sich herum zu vernichten! Überhaupt ergänzten sich die beiden unheilvollen Wesen wie Pech und Schwefel bei ihren hasserfüllten Attacken gegen die übrige Nachbarschaft!

Eines Tages, die dicke Frau stand mal wieder allein auf dem Bürgersteig vor dem großen Haus, wartete wohl auf ihren Ehemann, der das Auto aufschließen sollte, drehte sie sich ganz langsam nach unseren Fenstern um. Meine Mutter und ich beobachteten all das hinter der sicheren Gardine, und wir waren froh, dass die Dicke und ihr Mann wohl endlich für ein paar Stunden verschwinden würden.

Wieder bemerkten wir diese dunklen stechenden Blicke, die sich gierig in die Scheiben unserer Fenster bohrten und vermutlich schon vom nächsten nahenden Unheil kündeten. Ich schaute meine Mutter wortlos an und wir beide spürten genau, dass die Blicke der Dicken diesmal böser waren als alles, was sie bisher ausgestrahlt hatten. Als ihr Ehemann das Auto aufgeschlossen hatte, ließen sich die beiden schweigend und furchtbar schlecht gelaunt in die Autositze plumpsen. Noch einmal starrten sie wie ein böses Omen zu unseren Fenstern, und ich hatte den Eindruck, dass an diesem Tage noch etwas Entsetzliches geschehen würde.

Das dunkle Auto der beiden Teufelsanbeter verschwand leise im Nebel und ich hatte gar kein gutes Gefühl. Meine Mutter aber beschwichtigte mich und zerschlug all meine Bedenken. Als aber lautstark ein schweres Gewitter aufzog, schwiegen wir uns vielsagend an. Wir hatten den Eindruck, dass dieses Gewitter heftiger war als alle vorangegangenen. Grellrote Blitze durchschnitten wie Dolche die Düsternis und die Donnerschläge glichen verblüffend dem Gezeter und den hasserfüllten Flüchen der dicken Frau und ihrem bösen Ehemann. Als ein heftiger Donnerschlag auf einen noch viel heftigeren feuerroten Blitz folgte, fielen bei uns die Lampen und die Telefone aus. Sofort schob ich alles auf die bösen Blicke und die Flüche der Dicken. Doch meine Mutter hatte seltsamerweise ein vollkommen anderes Gefühl!

Ich konnte es mir einfach nicht erklären, doch die charismatische Sicherheit meiner Mutter erschien mir wie ein starkes Gebet vor dem Herrn.

Stunden später, längst war der Strom wieder da, wurde eine recht sonderbare Meldung im Radio bekannt gegeben: *„Bei einem schweren Gewitter verunglückte ein Ehepaar mit seinem nagelneuen Wagen. Ein Blitz schlug wohl in die Elektronik des Autos ein und legte die Steuerung lahm. Weil der Wagen nicht mehr reagierte, blieb er mitten auf der Straße liegen. Ein riesiger Track, der nicht mehr bremsen konnte, fuhr mitten in den PKW hinein. Das Ehepaar hatte keine Chance."*

Als der zerstörte Wagen gezeigt wurde, fuhr mir eine Gänsehaut über den Rücken. Denn bei dem Wrack handelte es sich um den Wagen des bösen Nachbar-Ehepaares. Und es war wirklich wie verhext, aber kurz nach der Bestattung der beiden, glaubte ich eines Nachts eine schwarz gekleidete Gestalt in der Wohnungstür der Verunglückten gesehen zu haben. Sie hatte rote Augen und flüsterte immerfort die unheilvollen Worte, die ich wirklich gut verstand:

„Jetzt gehören die beiden toten Seelen
für immer mir!"

Kurts Entscheidung

Die Fernsehsendung ging ewig nicht vorbei. Kurt saß vorm Fernsehgerät und hörte zu, leerte währenddessen seine Flasche Bier, denn mehr trank er ja nicht, sein Blutdruck war einfach zu hoch. Er hörte die Leute dort in der Glotze, doch er hörte nicht zu. Ihm ging so vieles durch den Kopf: Seine eigene Leere, sein Alter, immerhin war er ja schon 50! Und dann noch seine Chancenlosigkeit. Er wusste, dass er in diesem Lande einfach keinen Fuß mehr auf den Boden bekommen würde. Seine Stelle in der Dreherei wurde ersatzlos gestrichen, und dass nur allein deswegen, weil die Arbeit, die er immerhin seit dreiunddreißig Jahren ausgeführt hatte, von einem neuartigen Automaten verrichtet wurde. Von einem Automaten der billig war, immer einsatzfähig daherkam, und der keine Fragen stellte! Und nun? Was sollte nun werden? Die Sinnlosigkeit wuchs und doch fühlte er sich nicht schwach und schon gar nicht am Rande der Gesellschaft. Er half seiner Frau in der Imbissbude und brachte seinem etwas faulen ältesten Sohn das Rechnen bei, obwohl der ganz sicher nicht der schlechteste in der Klasse war. Kurt wollte einfach nur gebraucht sein, nicht abgeschrieben sein, ein Mensch sein, frei sein und wieder durch die Läden hasten, weil jemand sagte, dass es schön sei zu shoppen. Und seine Frau hatte bald Geburtstag. Doch plötzlich hörte er doch wieder auf das Geschehen im Fernsehgerät.

Da brachte man es wieder: eine Terrorgruppe, die irgendetwas mit einer anderen Glaubensrichtung zu tun haben wollte, brachte die Menschen tausendfach um. Sie wollten die Weltherrschaft und waren gnadenlos. Kurt wusste, dass er gerade am Vormittag, als er in der Stadt war, um einzukaufen, vor dem Supermarkt von einer ähnlich scheinenden Gruppe angesprochen wurde. Man wollte die Schriften dieser Glaubensgruppe verschenken und Kurt hatte entrüstet abgelehnt! Er fühlte sich irgendwie verfolgt von diesen Leuten, fühlte sich nicht wohl bei dem nagenden Gedanken, diese Gruppierung könnte eines Tages nicht nur die Menschen in den fernen Ländern abschlachten, sondern auch die eigenen Landsleute.

Und keiner konnte das lenken, konnte es verhindern, konnte dagegen vorgehen, weil es ja hieß, dass man die Fremden integrieren müsste. Nervös, aber auch ein wenig selbstgerecht kratzte sich Kurt hinter den Ohren. Er war doch auch ein Bürger dieses Landes, ein ehemals hart arbeitender Bürger dieses Landes! Und er musste sich immer auf sich selbst verlassen, immer! Geschenkt wurde ihm nichts und manchmal schien es gar nicht klar, wie es weitergehen sollte.

Da kam die Postwurfsendung einer neu gegründeten Vereinigung gerade recht, in welcher man das deutsche Volk aufrief, die eigene Glaubensrichtung, das friedliche deutsche Leben, zu verteidigen und es nicht zuzulassen, dass Hassprediger und anders geartete Täter fremdem Glaubens das Land überfluteten. Kurt wurde es angst und er fürchtete sich plötzlich sehr. Aber wovor fürchtete er sich? Vor der weit entfernten Gruppierung, den Terroristen, die täglich mehr und mehr wurden, oder vor den Fremden im friedlichen Abendlande? Er konnte es gar nicht so recht beschreiben und er wusste auf einmal, dass es gar nicht die Fremden waren, die ihm Angst einflößten. Vielmehr war es die Angst, die lähmende Panik, auch noch das vertraute Umfeld zu verlieren, die Dinge, die er kannte, die er liebte und die er gewohnt war, wie das Leben, welches er doch so gut kannte.

In der Zeitung wurde gesagt, dass man nicht fremdenfeindlich sein sollte, denn dann wäre man ja ein Rechter und würde keine Chance mehr im Leben bekommen. Aber war das tatsächlich so einfach? Warum hörte den Leuten auf der Straße eigentlich keiner mehr zu? Warum diese Kluft zwischen den Menschen? Warum diese Abweisungen, weil man nicht die Ängste der Menschen erkennen wollte? Er hasste doch die Fremden nicht und wollte sie auch nicht wegjagen. Er hatte doch nur Angst, Angst vor einer fremden Glaubensrichtung, die sich hier zu sehr und zu stark breitmachen könnte, und das Leben der friedlichen Leute in ein Schlachtfeld verwandeln könnte. Warum konnte er mit niemandem darüber reden? Warum wurden all die Menschen, die augenscheinlich die gleichen Ängste hegten wie er, in die rechte Ecke abgeschoben, und damit Schluss? Kurt verstand die Welt nicht mehr und brauchte dringend eine Erleuchtung. Er musste seine Angst kanalisieren und nahm sich vor, zu jener Veranstaltung zu gehen, wo möglicherweise viele dieser ängstlichen Leute hingehen würden. So zog er sich seine dicke Jacke über, steckte sich etwas Geld in die Hosentasche, vielleicht für ein oder zwei Wienerwürstchen, und lief los.

Auf dem großen Platz vor dem altehrwürdigen Rathaus hatten sich Dutzende Menschen eingefunden. Kurt schien es gar nicht so, dass dies alles nur Rechte oder Verlierer der Gesellschaft seien. Nein, da war zum Beispiel der Professor von der Fakultät ebenso wie die Kindergärtnerin seiner jüngsten Tochter. Da stand der Arzt, bei welchem er in Behandlung war und auch sein Vermieter, der ganz sicher niemals in der rechten Ecke hockte. Es waren ganz normale Menschen und die Gespräche an jenem winterkalten Abend kochten, waren heiß wie siedendes Wasser. Es war die Angst vor etwas, dass man nicht kannte, dass man nicht fassen konnte, was aber da war und einfach nicht wegging. Und eine einzige Frage kreiste in Kurts Kopf: Warum mussten all diese vielen Leute hierherkommen, wenn doch die Antwort angeblich recht einfach erschien? Warum konnte sich keiner der örtlichen Politiker diesen Ängsten der Leute annehmen? Warum? Und ehe er sich's versah, steckte er auch schon in einer recht heftigen Diskussion mit anderen, die sich Luft machen mussten. Menschen, die Angst um ihre Kinder hatten, die Angst vor der Zukunft hatten, die Angst vor einer fremden Übermacht hatten, die Angst vor Terror und vor Tod hatten, die reden wollten, die schreien wollten, die gehört werden wollten, die den Frieden in Gefahr sahen. Entschlossenheit und Mut, aber auch Unklarheit und Besorgnis stand den Leuten wie ein magisches Zeichen im Gesicht geschrieben. Und dann begann die Kundgebung.

Viele sehr besorgte Menschen sprachen dort oben auf dem Podium des Volkes, und Kurt erschien es zum ersten Mal, dass die Leute auf dem Podest gar nicht weit von ihm entfernt waren, sondern lediglich die einfachen Menschen von nebenan. Und all diese Leute, diese Menschen, hatten die gleichen Ängste wie er. Sonderbar. Lange dauerte die Kundgebung und die Diskussionen wollten einfach kein Ende nehmen. Als dann jedoch einer der ortsansässigen Politiker, der seinerseits stets darauf bedacht war, sein eigenes Schäflein ins sprichwörtliche Trockene zu bugsieren, das Mikrofon ergriff, kochte die Stimmung über! Denn dieser geschniegelte und gebügelte, hoch bezahlte Agitator alter Zeiten faselte schon wieder etwas von rechten Kräften und vermeintlichen Verlierern der Gesellschaft, die das Volk ja doch immer nur aufhetzten und alles falsch verstünden!

Nun reichte es Kurt: mit einem Satz sprang er auf das Podest, riss dem vollkommen verdutzten

Speichellecker das Mikrofon aus den schlanken, eingecremten Händchen und schrie seine eigenen Ängste in die gut funktionierende, akustische Technik hinein.

Als er fertig war, blieb es still. In den Augen der Menschen glaubte er ein merkwürdiges Blitzen zu erkennen, was entweder am einsetzenden Regen liegen mochte oder auf Tränen zurückzuführen sein konnte.

Nach einer kleinen Ewigkeit aber geschah das, womit Kurt erst gar nicht gerechnet hatte: die Menge applaudierte und jubelte, brüllte Hochrufe oder war einfach nur gerührt! Kurt begriff, dass die Herzen all der Anwesenden genau das gleiche fühlten wie auch seines. Und er wusste, dass er den Nerv der Menschen haargenau getroffen hatte. Es waren die gleichen Ängste, die alle miteinander verbanden. Dabei waren weder er noch die meisten der Anwesenden rechtsgerichtet, reaktionär oder gar der asoziale Mob der Stadt. Ganz im Gegenteil, er wollte doch nur den Frieden bewahren, und das die Menschen, auch seine Kinder, in Sicherheit mit ihren Gewohnheiten leben konnten und nicht von Terror und Hass von einem fremden Aggressor überrollt würden.

Als sich die Kundgebung auflöste, klopften ihm viele Menschen dankbar auf den Rücken und einige sagten: *„Du hast es verstanden. Wir müssen etwas tun."*

Kurt wusste das und lief langsam und nachdenklich nach Hause. Unterdessen hatte der Regen an Intensität zugenommen und er konnte kaum die Hand vor Augen erkennen. Er wollte nur noch heim und er dachte an den Krimi, den er unter keinen Umständen verpassen wollte.

Plötzlich vernahm er lautes Geschrei, und als er in eine kleine Seitenstraße abbog, um eine Abkürzung zu nehmen, stutzte er. Nicht weit von ihm entfernt schlugen zwei Männer auf einen anderen ein.

Kurt, der noch ziemlich aufgeheizt nach seinem unfreiwilligen Auftritt vor den vielen Menschen auf dem Rathausplatz war, dachte nicht lange nach. Er sprang auf die beiden Schläger zu und riss sie von ihrem Opfer herunter. Als sich der Geprügelte vorsichtig erhob, stand da ein Mann um die Vierzig, der augenscheinlich nicht aus Deutschland kommen mochte. Mit gebrochenem Deutsch stotterte er: *„Danke, danke dass Sie geholfen haben! Ich habe Angst, große Angst sogar!"*

Kurt trafen diese wenigen Worte wie ein scharfes germanisches Schwert! Er stand auf einmal mittendrin im Hass, obwohl er ihn doch gar nicht wollte. Auf der einen Seite sah er die blutrünstigen Gesichter der beiden jungen Schläger, die sich ihr Opfer offenkundig nicht zufällig ausgesucht hatten, und auf der anderen Seite stand da ein Mann, der all seine Vorurteile, seine eben noch vorrangingen Ängste durch sein bloßes Erscheinungsbild zum Ausdruck brachte, indem er einfach nur da war, und doch auch nur Angst hatte. Und dann strich er sich die Jacke glatt, wischte sich mit einer flotten Handbewegung den Regen aus dem Gesicht und sagte schroff: *„Ihr beiden verschwindet jetzt! Und sie, soll ich sie heimbringen?"*

Die beiden Schläger verschwanden alsbald in der Dunkelheit und nur Kurt und der Fremde standen noch auf der Straße, auf jener Straße zwischen Angst und Wirklichkeit. Der Fremde meinte, dass er Omar hieß und im Asylantenheim lebte. Er kam aus einem Kriegsgebiet und seine gesamte Familie war schon abgeschlachtet worden. Kurt schwieg zu alledem, wusste nur, dass er wirklich nicht rechtsgerichtet war, und auch nicht linksorientiert, oder sonst etwas. Er wusste aber auch, dass der Fremde da vor ihm an den gleichen Ängsten litt wie er selbst. Und in diesem Augenblick wurde ihm klar, dass er sich nicht geirrt hatte, wenngleich seine Betrachtungsweise eben noch etwas anders war. Denn als das Wichtigste erschienen ihm nicht etwa die quälenden Ängste, die wohl jeder hatte, der sich durch die Wirren unserer verrückten Zeit bewegte. Das Wichtigste war ganz sicher, den Menschen zuzuhören, sie zu verstehen. Und er hatte sich längst entschieden! Es war ja alles klar. Er wollte *allen* Menschen zuhören!

Die alte Brigade

Rick Smith hatte von seinem Großvater eine alte Textilfabrik geerbt. Es war ein sehr altes Gemäuer und die Nähmaschinen darin waren längst nicht mehr modern und genügten den Anforderungen eines modernen Betriebes schon lange nicht mehr. Einige der Maschinen hatte man bereits verschrotten müssen. Doch seit Großvaters Tod lief die Fabrik überhaupt nicht mehr. Rick wusste nicht, was er noch tun konnte. Die Werbung verschlang sehr viel Geld, Geld, das er eigentlich gar nicht hatte. Und so musste er einen Arbeiter nach dem anderen entlassen. Die Betroffenen bedauerten das sehr, verstanden ihn aber. Sie wussten, wie es um den kleinen Betrieb stand. Einige wollten unentgeltlich weiter machen.

Doch eines Tages musste Rick den verbleibenden Angestellten mitteilen, dass er insolvent war. Er musste nun alle Arbeiter entlassen und die bereits gefertigte Ware in die Konkursmasse einfließen lassen. Der Insolvenzverwalter übernahm sämtliche Geschäfte und riet Rick, schnellstens zum Arbeitsamt zu gehen. Als er den letzten Arbeiter entlassen hatte, lief er noch einmal durch die kleine Fabrik und schaute sich ein letztes Mal die alten Nähmaschinen an. Sie hatten einst der gesamten Familie Lohn und Brot und damit das Überleben gesichert. Selbst über die schwierigen Kriegsjahre war die Firma mit Ach und Krach gekommen. Sein Großvater würde sich im Grabe rumdrehen, wenn er all das miterleben müsste.

Tränen liefen Rick übers Gesicht und er setzte sich an eine der Maschinen. Da sah er am Fenster eine Person. Sie stand im einfallenden Licht und Rick konnte nicht erkennen, wer es war. Die Person begann zu sprechen: *„Sei nicht traurig Rick. Du wirst sehen, alles wird gut.“*

Rick erschrak, denn die Stimme gehörte keinem geringerem als seinem verstorbenen Großvater. Wer in aller Welt machte sich in dieser schweren Stunde noch lustig über ihn? Wütend stand er auf und lief auf die Person zu. Doch als er vor dem Fenster stand, war keiner mehr da. Nur der Wind pfiff durch die zerbrochene Scheibe und verfing sich in den rostigen Zahnrädern einer davorstehenden Maschine. Und Rick war es so, als hörte er noch die klappernden Geräusche all dieser Maschinen. Vermutlich hatte ihm sein Verstand einen Streich gespielt.

Doch da war er wieder, sein Großvater. Diesmal stand er an einer der Maschinen und strich mit seiner Hand über den abblätternden Lack. Er lächelte und sprach: *„Das ist wirklich traurig. Deine Großmutter und ich haben diesen Betrieb aus dem Nichts aufgebaut. Und jetzt? Vielleicht bekommen wir noch eine Chance, wenn er es zulässt.“*

Mit diesen Worten verschwand der Großvater, und Rick starrte regungslos in die leere Fabrikhalle. Die Worte des Großvaters wogen so schwer, aber was meinte er damit: *wenn -er- es zulässt?* Wer in aller Welt sollte etwas zulassen?

Der Insolvenzverwalter vielleicht? Er konnte sich keinen Reim auf die rätselhaften Worte machen. Traurig stand er auf und ging nach Hause.

Er brauchte nicht sehr weit zu gehen, denn das Haus der Familie befand sich im Betriebsgelände. Von seinem Schlafzimmerfenster hatte er einen guten Blick auf die Fabrikhalle. Sein Großvater hatte ihm von dort aus immer gezeigt, wenn abends die Lichter in der Fabrikhalle angingen. Das alles war ihm so vertraut. Es gehörte einfach zu seiner Kindheit, zu seinem Leben, diese über hundert Jahre alte Fabrik.

An diesem Abend ging er erst sehr spät ins Bett. Immer wieder schaute er hinüber zur Fabrikhalle. Und immer wieder dachte er an seinen Großvater. Sollte er tatsächlich zu ihm gesprochen haben? Ach, wenn er doch wirklich noch einmal zurückkäme. Rick konnte sich nicht vorstellen, schon bald für immer auf all das hier verzichten zu müssen. Und er schämte sich so sehr, das Vermächtnis seines geliebten Großvaters nicht retten zu können.

Als er schließlich doch in seinem Bett lag, konnte er einfach nicht einschlafen. Er wälzte sich hin und her und musste immer wieder zum Fenster schauen.

Plötzlich vernahm er ein klapperndes Geräusch. Es hörte sich so vertraut an. Was konnte das nur sein? Als er wieder zum Fenster schaute, bemerkte er, dass es draußen hell war. Auch das vermeintliche Klappern kam von draußen. Es klang beinahe so, als seien die alten Nähmaschinen in der Fabrik wieder in Betrieb. Aber das konnte doch überhaupt nicht möglich sein. Rick stand auf und ging zum Fenster. Und tatsächlich, in der Fabrikhalle brannte Licht. Außerdem schienen die Maschinen in Betrieb zu sein.

So schnell er konnte zog er sich seinen Jogginganzug über und lief zur Fabrik. Dort staunte er nicht schlecht! An sieben der Nähmaschinen saßen Arbeiter und hantierten in einer wahnsinnigen Geschwindigkeit. Doch es war ganz seltsam, keinen der Arbeiter, die dort saßen, hatte er vorher je gesehen. Woher kamen diese Leute? Wer hatte sie geschickt? Außerdem nähten sie derartig schnell, dass er mit bloßem Augen gar nicht folgen konnte. Die sieben Arbeiter schienen keine Notiz von ihm zu nehmen. Selbst als Rick laut rief, sie bräuchten nicht weiter zu machen, reagierten sie nicht. Und es grenzte an Zauberei, innerhalb einer Stunde hatten sie eine komplette Kollektion modischer Hosen und Jacken fertig gestellt. Selbst die dazugehörigen Gürtel und sogar die Knöpfe lagen dabei.

Plötzlich breitete sich Dunst in der Fabrikhalle aus und das Licht ging aus. Was war das, etwa Feuer? Das wäre das Ende! Rick ergriff eine Taschenlampe, die immer am Eingang deponiert war und lief zum Sicherungskasten, doch die Sicherungen schienen vollkommen in Ordnung zu sein.

Als er wieder in die Fabrikhalle zurückkehrte, hatte sich der mysteriöse Dunst verzogen. Auch die sieben unbekannten Arbeiter waren spurlos verschwunden. Seltsam, er hatte sie gar nicht vorbeigehen sehen. Was ging hier nur vor?

Am nächsten Morgen kam der Insolvenzverwalter schon sehr früh in den Betrieb. Da lag die neue Kollektion auf den Tischen und der Verwalter staunte, denn die Bekleidung war topmodisch und aktuell. Er sah sofort, dass sich diese Kollektion sehr gut verkaufen würde.

Und so war es dann auch. Die schicken Kleider wurden ihm regelrecht aus den Händen gerissen. Selbst ausländische Händler interessierten sich plötzlich für die Textilien. Und jeden Morgen lag eine neue Kollektion auf den Tischen in der Fabrik. Selbst Mäntel aus edelsten Stoffen, die gar nicht vorrätig waren, hingen an dutzenden Kleiderstangen. Alles war fertig verpackt und sogar schon versandfertig vorbereitet. So etwas hatte selbst der erfahrene Insolvenzverwalter noch niemals gesehen.

Schon nach drei Tagen hatte sich die Fabrik wieder erholt. Mehr noch, sie schrieb schwarze Zahlen und alle entlassenen Arbeiter konnten wieder eingestellt werden. Sie erhielten wieder ihr Gehalt und noch eine ordentliche Bonuszahlung obendrauf.

Sehr schnell wurde die alte Fabrik zu einer der modernsten und gefragtesten auf dem Markt. Rick konnte es nicht fassen. Er schaute zum Foto seines Großvaters, das über dem Eingang in die Fabrikhalle hing und war glücklich, ihn doch nicht enttäuscht zu haben. Welcher Zauber an diesem Erfolg auch immer schuld sein sollte, es war ein Wunder.

Natürlich wollte er die sieben Arbeiter, die diese neue Kollektion hergestellt hatten, genauer kennen lernen. Doch unter den Arbeitern in der Fabrikhalle war keiner dieser Leute. Als Rick neue Maschinen kaufte, wollte er die alten verkaufen und suchte Belege, aus denen ersichtlich war, wie alt sie wirklich waren.

Ihm fiel schließlich ein altes Album in die Hände. Darin waren nicht nur die Maschinen und deren Preise verzeichnet. Auch die vergilbten Fotos der ersten Arbeiter, die vor über hundert Jahren in der Fabrik tätig waren, fand er darin. Und er erkannte sie alle. Es waren die unbekannten Arbeiter, die in den Nächten die neue Kollektion gefertigt hatten.

Blinds Albtraum

Der äußerst erfolgreiche Konzernchef Stephen Blind war auf der Suche nach neuen Absatzmärkten. Nachdem es seine wundervolle Suspensorien-Firma von „Null" auf „Hundert" in nur zehn Jahren schaffte, schien für ihn nun das schöne und geheimnisvolle Asien das gefundene Fressen zu werden!

Es war der Tag, an dem es hieß, Gott würde auf die Erde schauen, um zu sehen, was seine Geschöpfe so trieben, da machte sich Blind auf seinen glorreichen Siegeszug.

Er wollte nach Schanghai, um dort seine neuesten Verträge abzusichern. Er hatte sogar schon die zukunftsorientierten Vorschläge nagelneuer umweltfreundlicher Suspensorien, extra für die stets freundlichen Asiaten, im Petto. Ging alles so, wie er es sich erträumte, würde seine Firma schon bald die mächtigste der Welt sein.

Der Privatflieger seiner ureigenen „Blind-Air" stand schon bereit, und der Abschied von der alten Heimat schien nicht wirklich tränenschwer. Denn die Familie war längst beim Packen und schon bald würde auch sie in die geheimnisvolle Region des scheinbar ewigen Lächelns folgen. Im Flieger gab es alles, was das Herz begehrte: Schampus, Kaviar und Hummer ohne Ende! Und so rekelte sich Blind zufrieden auf dem weißen Büffel-Ledersofa vor seinem vergoldeten Tablett-PC und beduselte sich dabei mit den allerneuesten Zahlen seiner Firma. Nahezu jeder halbwegs auf sich haltende männliche Zeitgenosse schien neuerdings ein Suspensorium seiner ach so familienfreundlichen und umweltbegeisterten Werke ergattern zu wollen.

Plötzlich geriet das Flugzeug in starke Turbulenzen! Blind hatte das schon oft erlebt und geriet nicht sonderlich in Angst. Außerdem war die nähere Zukunft, das, was er erreichen konnte, viel stärker als das bisschen Wackeln einer winzigen Privatmaschine. Doch es hörte einfach nicht mehr auf und laut polternd fielen die kostbaren Errungenschaften der modernen Zivilisation durch den mit teurem Plüsch ausgelegten Gang, auch Blind selbst.

Zwischen dem heruntergeklappten Notsitz und dem aufgesprungenen Aktenkoffer mit seiner modernsten „Asia-Suspensorien–Kollektion" blieb er liegen und hatte große Schmerzen. So bemerkte er nicht, wie der Pilot hektisch gestikulierend in die Kabine stürmte, um zu berichten, was sich rund um die Maschine tat. Denn nicht etwa ein schweres Gewitter oder eine plötzliche Sturmfront hatte den Flieger in der Gewalt. Es war ein unvorstellbar großer Wirbel, der aschgrau das Flugzeug in sich einhüllte. Es gab weder oben, noch unten, weder rechts, noch links! Das Flugzeug trudelte steuerungslos durch den Strudel und schien wohl bald zu zerbrechen wie ein Streichholz zwischen zwei Fingern.

Der Pilot half Blind wieder auf die Beine und die beiden humpelten umständlich nach vorn ins Cockpit. Was der schon einiges gewohnte Blind da zu sehen bekam, ließ ihm das Blut in den Adern gefrieren. Sämtliche Instrumente flackerten wirr auf, um danach gleich wieder zu erlöschen. Weder eine Anzeige noch eine Sicherheitseinrichtung funktionierte noch. Die Maschine schien ein Spielball dieses riesigen, Furcht einflößenden Strudels zu sein. Zitternd hielten sich die beiden verwirrten Passagiere an der Tür fest und waren einfach nur starr vor Schreck.

Allmählich wurde es wieder ruhig und es schien, als sei der merkwürdige Spuk vorüber.

Doch plötzlich verwirbelte sich der aschgraue Strudel, und aus dessen Innerem tauchte eine riesige blutig rote Hand vor der Maschine auf. Sie schien sich aus den tosenden Wolken, aus dem todbringenden aschrauen Strudel, wie aus einer lebendigen Eizelle gebildet zu haben. Blind und sein Pilot konnten nicht einmal mehr schreien, so grauenvoll erschien ihnen der Anblick jener Monsterhand. Und ehe sich die beiden versahen, packte die riesige Hand das Flugzeug und nahm es mit sich.

Es wurde stockdunkel in der Maschine und die beiden hilflosen Passagiere waren längst vom heftigen Herumwirbeln des Flugzeugs unsanft auf den Boden geworfen worden. Als es wieder ruhig wurde, krochen die beiden stöhnend hervor und starrten ungläubig durch das dicke Glas der Bullaugen. Offenbar waren sie noch am Leben und die Maschine flog – so viel schien sicher. Doch wo befanden sie sich? Blind versuchte, Kontakt mit einer Bodenstation aufzunehmen.

Irgendwer musste sie ja hören. Aber aus den Lautsprechern drang lediglich ein monotones Knistern und Rauschen. Am Geigerzähler bemerkte der Pilot eine unglaublich hohe radioaktive Strahlung! Befanden sie sich etwa noch immer in dieser übermächtigen Teufelshand?

Da zuckte ein greller Blitz aus dem Inneren der Schwärze hervor und schien alles zu vernichten, was sich auf seiner Bahn befand, auch das Flugzeug mit Blind und dem Piloten. Doch welch Wunder- abrupt endete dieser vermeintliche Totentanz und Blind starrte in eine merkwürdige Leere hinein. War das vielleicht das Ende der Welt, oder war das die unbekannte schwarze Materie, von der man nicht wusste, was sie wirklich war? Aus der gähnenden Leere formte sich eine Kugel. Schnell wuchs sie zu einem mächtigen Gebilde, zu einem riesigen Raum, zu einer übergroßen Halle heran. Längst glaubte Blind gestorben zu sein und ließ alles willenlos mit sich geschehen.

Wie von Geisterhand getragen schwebte er in diese sonderbare Halle hinein und konnte sich nicht erklären, warum es einerseits so dunkel, andererseits auch wieder so hell um ihn herum wurde. Doch dann wich dieses Wechselspiel von Hell und Dunkel einem blutigen Rot. Seltsame Geräusche drangen an seine Ohren. Alles schien unwirklich und bedrohlich zu sein. Wo war er nur? War das vielleicht Gott, der ihn nun zu sich holte? Sah so allen Ernstes der Himmel aus? Oder war er in der Hölle beim Teufel gelandet?

Sein Atem schien zu stocken und wurde schwer-sehr schwer. Atmete er überhaupt noch? An den purpurnen schwingenden Wänden, die nach oben keine Grenzen zu haben schienen, thronten seltsam geformte gläserne Sarkophage.

Als Blind in einen dieser bedrohlich wirken-den Sarkophage schaute, erschrak er fürchterlich. In einer roten pulsierenden Flüssigkeit lagen da recht bekannte Dinge herum. Ein Rad, eine komplette Maschine, ein Flugzeug, eine Rakete! Blind konnte sich das alles nicht zusammenreimen. Doch dann ahnte er, was es sein könnte. Das da vor ihm waren all die ungezählten Errungenschaften der Menschheit und der westlichen Welt! Er schien sich in einer Art Bibliothek des menschlichen Wissens aufzuhalten. Aber wie kam nur all dieses Wissen an diesen verklärten unwirklichen Ort? Sollte wirklich Gott, oder doch der Teufel, nein, unmöglich!

Da spürte er plötzlich einen unerträglichen Stich in seinem Hirn. Wie in Zeitlupe torkelte er zu Boden und spürte im selben Augenblick, wie eine übermächtige Kraft an seinen verwirrten Gedanken nagte. Wollte man nun auch sein ureigenstes Wissen stehlen? Sollte sein Wissen etwa auch in diese Bibliothek des Grauens einfließen? Er wollte es nicht und stemmte sich mit aller Macht gegen dieses bedrohliche Gefühl. Und zunächst gelang es ihm auch – langsam wurde er wieder frei von diesem fremdartigen Stechen. Am scheinbaren Ende der Halle entdeckte er eine fluktuierende silbrige Wolke.

Übermächtig schwebte sie über dem samtig grau wabernden Boden und wurde mal größer und mal kleiner. Sämtliche Sarkophage waren durch glitzernde Fasern und schillernde Sehnen mit dieser Wolke verbunden.

Als sich Blind der Wolke näherte, fühlte er, wie sich auch sein Denken mit diesem Gebilde verband. Er konnte sich einfach nicht dagegen wehren. Und nun sah er auch, was diese vermeintliche Wolke wirklich war. Es war ein überdimensionales pulsierendes menschliches Gehirn! Es saugte alles, was sich in der Halle befand, auch Blinds Wissen, gierig in sich hinein.

Blind fühlte sich ohnmächtig und wusste nicht mehr, ob ihn Gott für seinen plötzlichen Suspensorien-Erfolg belohnen oder ob ihn der Teufel für seine Gnadenlosigkeit und für seine Gier nach Macht und Reichtum bestrafen wollte. War sein Aufbruch nach Osten wirklich falsch? Schweißgebadet und kraftlos fiel er schließlich zu Boden und schien all seine Gedanken verloren zu haben. War er nun endgültig gestorben?

Ein sonderbares monotones Rauschen drang an seine müden Ohren. Wo war er nur, in der Hölle? Aber wo blieb dann der Teufel?

Es war der Pilot, der geduldig grinsend vor ihm stand! Und in treuem Gehorsam half er seinem Chef sogar aufzustehen. Offenbar war Blind durch die starken Turbulenzen im Flugzeug der Länge nach hingefallen und hatte dabei das Bewusstsein verloren. Irgendwie schmerzte alles in seinem Körper, und er erkundigte sich ängstlich und leicht verwirrt nach dem Allmächtigen.

Der Pilot wusste nicht, was sein sonst so bodenständiger Chef da vor sich hin faselte. Er hatte doch nur ein Fax aus Schanghai erhalten und wollte es Blind ergebenst überreichen.

Erleichtert und laut stöhnend ließ der sich unterdessen in seinen weichen Massagesessel fallen und war froh, alles nur geträumt zu haben.

Als es ihm endlich wieder etwas besser ging, las er die Nachricht. Darin stand jedoch nicht etwa, dass man in China eine ordentliche Lieferung seiner neuesten Suspensorien orderte. Nein, es war die niederschmetternde Botschaft, dass eine Landung in Schanghai zurzeit nicht möglich sei. Eine seltsame Schlechtwetterfront hielt sich hartnäckig über der Landebahn. Und als Blind die angehängten Fotos der düsteren Nachricht betrachtete, traf ihn beinahe der Schlag. Denn das vermeintliche Schlechtwettergebiet hatte die Gestalt einer riesigen blutig roten Hand, in deren höllenschwarzem Würgegriff sich eine seltsame Kugel zu formen schien.

Die Bombe

Ein Radiosender war in die Luft geflogen. Es hieß, dort waren Terroristen am Werk und die hätten schließlich die Bombe gezündet. Glücklicherweise kam niemand ums Leben, doch die Gefahr war da. Und als dann auch noch die unfassbare Nachricht die Runde machte, dass eben diese Terroristen im Besitz einer Wasserstoffbombe seien, war die Panik groß!

Nicht der Radiosender schien mehr Thema und auch nicht die Tatsache, dass es Terroristen waren, nein, die H-Bombe beherrschte von nun an die Medienwelt. Leider wurde nicht richtig recherchiert und die alte Krankheit der Desinformation grassierte mal wieder gefährlich durch die Lande. Dennoch glichen die großen Städte bestens bewachten Festungen, die wirklich alle technischen und menschlichen Möglichkeiten zu nutzen im Stande waren. Tatsächlich erschien wohl niemand mehr vor den Kontrollen der Einsatzkräfte und der neu gegründeten Androiden-Streifen (Roboter-Polizei), die seit einigen Tagen die Straßen durchquerten, sicher. Gegen die Androiden gab es keinerlei Waffen. Sie steckten alles weg und es schien, als wenn sich die Terroristen angesichts der übermächtigen Kontrollen nichts mehr getrauten. Brent wusste von alledem und wollte dem bösartigen Treiben ein Ende setzen. Er war Terroristenjäger und er glaubte sich auf der richtigen Spur. Die Androiden-Polizei lief beinahe stündlich Streife und Brent musste sich vor ihnen verbergen. Er wollte an den Stadtrand, um sich unerkannt mit einem der Terroristen, von dem er hoffte, er würde hinter alledem stecken, zu treffen.

Als er in seinem Briefkasten jedoch ein mysteriöses Schreiben vorfand, in welchem angekündigt wurde, dass die H-Bombe schon in wenigen Stunden hochgehen sollte, wusste er auf einmal doch nicht mehr, an welchem Ende er suchen sollte. All seine Vermutungen, all sein Spürsinn schien falsch zu sein. Er kannte Namen, Hintermänner und Verflechtungen, doch diese Schrift, in welcher der Brief verfasst wurde – noch nie hatte er sie gesehen. Wieder war er am Anfang und er wusste einfach nicht mehr weiter. Nachdenklich saß er am Ufer der portugiesischen Atlantikküste und überlegte. Es dämmerte bereits und das Meer lag ruhig und friedlich, so, wie es immer war, vor ihm.

Plötzlich und wie aus dem Dunkel der Nacht entsprungen fuhr ein greller Blitz aus den Wolken. Brent wollte schon nach Hause eilen, weil er glaubte, ein Gewitter beginnt aber es folgte kein Donner. Auch einen weiteren Blitz gab es nicht, dafür bildete sich vor ihm ein rechteckiger lichtdurchfluteter Kasten. Ängstlich und erschrocken versteckte sich der sonst so mutige Brent hinter einem Felsen. Der Lichtkasten war mannshoch und schien wie ein Korridor, ein Korridor nach irgendwohin.

Brent rieb sich die Augen, wollte all das einfach nicht glauben. Vielleicht spielte ihm sein Verstand einen Streich, vielleicht war aber auch die Aufregung der letzten Tage und Stunden einfach viel zu viel?

Aus dem Lichtkasten trat ein fremder Mann in einem blauen Anzug auf den steinigen Weg. Er blickte sich nach allen Seiten um und schien sich irgendwie nicht zurechtzufinden. Brent überlegte, sollte er sich zeigen? Sollte er seine sichere Deckung verlassen, um den Fremden anzusprechen? Er musste es wagen, er wollte es so! Und so verließ er ein wenig zögerlich seine Deckung und stand Augenblicke später vor dem fremden Mann.

Plötzlich verschwand das Lichtfenster, und nur die blutrote Sonne versank im atemberaubend blankgeputzten Ozean. Da standen sie nun, zwei Menschen, von denen keiner wusste, wen er gerade vor sich hatte. Brent fasste sich als erster.

„Wer bist du? Woher kommst du", stieß er hervor und wartete dann eine Weile ab. Der Fremde musterte Brent eine ebenso lange Ewigkeit bevor er endlich etwas sagte. *„Ich bin Faso"*, antwortete er dann und Brent staunte, denn der Fremde sprach eine Sprache, die er gut kannte, deutsch! Diese Sprache hatte er viele Jahre studiert und ihm seinen Beruf als Journalist ermöglicht.

„Ich komme aus Quark", sprach der Fremde weiter, *„es ist ein riesiges Land und wir schreiben das Jahr 3655 nach Christus."*

Brent blieb vor lauter Erstaunen der Mund offenstehen. Sollte das, war er da hörte, ja selbst was er sah, wirklich wahr sein? Wurde er am Ende gar ein Opfer seiner eigenen verrückten Fantasien? Der Fremde grinste ein ganz klein wenig, schien sich wohl über Brents Unsicherheit zu amüsieren. Doch dann wurde er wieder ernst und sagte: „*Brauchst keine Angst zu haben. Ich bin auch ein Mensch wie du. Nur das ich eben aus einer anderen Zeit komme. Wir testen gerade die Zeitflüge und wir suchten deine Zeit ganz gezielt heraus. Ich weiß, dass du Sorgen mit einem verheerenden Sprengsatz hast. Ihr nennt ihn wohl H-Bombe. Doch du brauchst keine Angst zu haben. Die Bombe wird sofort eliminiert. Ich weiß wo sie ist. Komm zu mir und wir gehen dorthin.*"

Brent konnte nicht glauben, was er da hörte. Sollte dieses Geschwätz von diesem Unbekannten wirklich echt sein? Was, wenn es ein gut ausgebildeter Terrorist war? Der vermeintliche Faso schien das zu verstehen, offenbar verständigten sich die Menschen in der Zukunft auf diesem Wege. Und er war einverstanden, wollte natürlich schnellstens zu dem Ort, wo die gefährliche H-Bombe lagerte.

Noch ein wenig zaghaft aber zielsicher trat Brent neben Faso und plötzlich verschwand die Umgebung wie in einem Meer aus Licht. Genau so schnell wie alles verschwand, erschien es auch schon wieder und die beiden Reisenden schwebten über einer kleinen Stadt. Brent erkannte den Ort sofort. Es war eine kleine unbedeutende

Stadt am Meer. Wie im Märchen sah sie aus und die Stille in der Wolke, die ganz und gar aus Plasma zu bestehen schien, driftete wie eine Feder über der düsteren Landschaft.

„Keine Sorge", sagte Faso, *„niemand kann uns sehen. Aber wir sehen dafür alles."*

Langsam flogen die beiden bis zu einem flachen Gebäude am Rand der Stadt.

„Hier befindet sich die Bombe", sagte Faso ruhig. Er war so ausgeglichen und überlegt, dass Brent beinahe schon neidisch wurde. Doch dann blieb ihm erneut der Mund offenstehen. Denn aus dem Gebäude erhob sich irgendetwas.

Als es in der Plasmawolke war, erschrak Brent fürchterlich. Es war die H-Bombe, die so groß wie ein Mittelklassewagen neben ihm schwebte. Die abenteuerlichsten Gedanken schwirrten ihm durch den Sinn: *„Was, wenn das Ding hochging, alles wäre mit einem Blitz zu Ende!"*

Faso hingegen betrachtete sich die Bombe sehr interessiert und meinte dann so ruhig wie eben: *„Interessant, so sieht also der leibhaftige Tod aus. Warum nur habt ihr es einfach nicht geschafft, solcherlei fürchterlichen Dinge für immer zu eliminieren?"*

Brent wollte etwas sagen, doch da bemerkte er, wie aus dem Haus, aus welchem die Bombe gekommen war, Dutzende Menschen strömten und wild um sich schossen. Allerdings trafen sie nichts, denn die Androiden-Polizei war schon vor ihnen dort. Die Männer, bei denen es sich um die gefährlichen Terroristen handelte, wurden festgenommen und abgeführt. Doch da war ja noch die gefährliche H-Bombe. Würde die tatsächlich nicht hochgehen, und was, wenn sie mit einem Zeitzünder versehen war? Aber da grinste Faso wieder so komisch und Brent wusste, dass nichts Schlimmes mehr geschehen könnte. Faso meinte, dass er nun wieder zurückmusste, zurück in seine Welt, zurück ins Jahr 3655. Brent verstand das und die Plasmawolke raste zurück zu der Stelle, an welcher sich die beiden jungen Männer aus den unterschiedlichsten Welten kennengelernt hatten.

Faso hatte die Bombe mit einer sonderbaren Flüssigkeit überzogen und gemeint, dass dies eine Art Konservierung sei. Doch Brent verstand auch das nicht, wollte stattdessen noch so vieles von der so weit entfernten Zeit wissen. Und Faso erzählte ihm von Überräumen im Weltall, von Raumtransporten durch Wurmlöcher und von Erkenntnissen über die Entstehung des Universums. Es war sogar gelungen, hinter den sogenannten Urknall zu schauen und die Singularität zu verstehen. Demnach war die gesamte Entstehung des Alls ein einziges Wiedergebähren und Zerfallen. Und natürlich hatte alles etwas mit einem gewissen Plan zu tun, den man erst einmal begreifen musste. Aber über die Zivilisation, aus welcher er kam, sprach er nicht. Er meinte, dass es Brent wohl nicht verstehen könnte, wie die Menschen in dieser fernen Zeit lebten. Sie waren nicht mehr so, wie sie zu Brents Zeit herumliefen. Sie hatten längst ihre Körper in ewig existierende Erbinformationen getauscht und hatten ihr Denken auf eine wesentlich höhere Ebene gestellt, in welcher sie nicht mehr mit nur drei Dimensionen dachten, sondern mit fünf.

Brent staunte und als sie sich verabschiedeten, schien es ihm, als wenn eine Träne über seine Wange glitt. Zu gern hätte er diese fremde Gesellschaft kennengelernt, die wohl doch einen recht menschlichen Ursprung in sich trug. Und als Faso mit seiner Plasmawolke in dem Lichtfenster verschwand, war sich Brent sicher, dass sich irgendwann alles ändern würde. Nur, warum wollte Faso die H-Bombe mit sich nehmen? Seine Gesellschaft hatte doch ganz bestimmt längst Waffen, die viel intensiver als eine solche Bombe sein würde. Kannten sie überhaupt noch Waffen oder lebten sie in Frieden und ewiger Liebe? Warum also war Faso so gezielt in seine Zeit gekommen? Nur, um die Bombe an sich zu nehmen?

Als sich das Lichtfenster hinter Faso schloss, wollte Brent schon wieder nach Hause gehen, aber da stutzte er. Denn eine seltsame Schrift, die er schon einmal irgendwo gesehen hatte, flimmerte wie ein böses Omen an der Stelle, wo eben noch das Lichtfenster driftete. Brent erkannte die Schrift, es war Altdeutsch und da stand zu lesen: Danke für deine Hilfe. Jetzt haben wir endlich die Technologie einer starken Waffe, mit der wir zurückkommen werden.

Stadt der Dummheit

Irgendwo, ganz tief im Osten oder Westen einer sonst recht aufgeräumt erscheinenden Welt lag eine Stadt, die man weder gerne sah noch gern dort leben mochte.

Als Paul mit seiner Frau Christin aus der großen Welt wegen des Jobs dorthin zog, waren die Verhältnisse gar nicht mehr schön. Eine einzige Partei regierte dies Provinznest und die Bewohner trauten sich nicht dagegen vorzugehen. Es war die Partei der Heimlichkeit und der Totalität!

Als die noch anständigen Leute sich dann doch auflehnten, trauten sie ihren eigenen Augen und Ohren nicht mehr. Denn nicht etwa sie selbst, die diese Revolte angezettelt hatten, waren die Nutznießer dieses respektablen Aufstandes. Nein, die Macht wurde von dummen, geldgierigen und oberflächlichen Lebewesen übernommen, die nichts anderes im Schilde führten, als mit ihrer Dummheit die übrigen Bewohner dieser Stadt zu malträtieren. Alles verkam, verdreckte und vergammelte und es regierte der besoffene und bekiffte Mob, der nur Angst, Zwietracht und Aggressivität schürte!

Paul, der all das miterleben musste, konnte es nicht fassen. Sollten allen Ernstes nun die Dummheit und der Pöbel regieren? Sollte all das, was er und die anderen intelligenten, gebildeten Menschen aufgebaut hatten, unter dem Schweiße ihres Angesichts und mit ihren eigenen Händen errichtet hatten, für alle Zeit verloren sein? Alles nur wegen solch dummen Wesen? Er konnte es nicht fassen und zog sich wie all die anderen umgänglichen Leute in sein Haus zurück.

Nächtelang sannen er und seine kleine Familie nach einer Lösung und tagelang ertrug er die Dummheit, welche fortan diese arme Stadt regierte. Er sah die feisten fettbeschmierten aufgedunsenen und leeren Gesichter dieser üblen Brut, und er hörte, wie primitiv und gewöhnlich sie miteinander zu kommunizieren pflegten, wenn sie sich nicht gerade niederschlugen! Er sah, wie die Intelligenten und Gebildeten ganz langsam an unerklärlichen Nervenkrankheiten dahinsiechten und er erlebte, wie jene, welche noch gesund waren, die Stadt und die gesamte Region der Dummheit für immer verließen. Er wusste es und er spürte es mit jeder Faser seines Körpers, dass er handeln musste, so schnell es nur ging!

So verabredete er sich mit Conny, der ebenfalls zu den wissenden Leuten gehörte und den Niedergang dieser Stadt nicht mehr ertragen konnte. Die beiden verabredeten sich heimlich und trafen sich im Keller von Pauls kleinem Häuschen, denn die Dummen hatten ihre intriganten falschen Augen beinahe überall und liefen in ihrer Dämlichkeit sofort zum Bürgermeister oder der Polizei, wenn sie eine ihnen sonderbar erscheinende menschliche Ansammlung beobachteten. Die beiden Männer unterhielten sich lange und kamen doch zu keinem einzigen Ergebnis.

Längst war Mitternacht vorüber und Pauls Ehefrau Christin wollte schon schimpfen, da meinte Conny, dass sie vielleicht ebenfalls diese heruntergekommene Stadt verlassen sollten. Warum sollten sie diese Dummheit, diese Aggressivität auf den stinkenden Straßen und den Verfall der Moral und der Sitten, den allgemeinen Niedergang dieser einstmals so glorreichen Stadt, wo man mal wunderschöne Autos gebaut hatte, bis sie dann vollkommen verfiel, noch länger ertragen? Warum sich selbst zerstören, wenn es anderswo viel schöner und viel besser, viel anständiger und viel lebendiger zuging? Christin konnte Connys Vorschlag nur zustimmen und so beschlossen sie traurigen Herzens, die Stadt schon in der nächsten Nacht heimlich zu verlassen.

Die Reisetaschen waren schnell gepackt und die Sachen flink übergeworfen. Doch als sie in der dunklen diesigen Nacht schließlich ihre Autos bestiegen und ihre kleinen Häuser, ihren doch so geliebten Lebensmittelpunkt so traurig hinter sich in der Dunkelheit liegen sahen, wurde es ihnen ganz schwer ums Herze. Sollten sie das wirklich tun? Einfach alles, sogar das Mobiliar, einfach so zurücklassen? Sollten sie wirklich all ihr Eigentum diesen Dümmlingen, die diese Stadt so bösartig heruntergerichtet hatten, überlassen? Nein, das wollten sie nicht!

Und als sie wieder ausstiegen, fielen sie sich weinend in die Arme. Dennoch war das Problem nicht beseitigt – die Stadt musste dringend verändert werden.

Und plötzlich wussten sie, was zu tun war! Wovor hatte die Dummheit Angst? Richtig, vor Intelligenz und Wissen! Sie bekam Panik vor Schönheit und Leben, vor Hoffnung und Glauben, vor Selbstbewusstsein und Courage! Und genau das mussten sie den Leuten wieder beibringen: Klugheit und Wissen, Selbstbewusstsein und Courage!

Natürlich würde es schwer werden, gegen die alles bestimmende und regierende Dummheit, die sich schon im Rathaus und in den Stadtverwaltungen breitgemacht hatte, vorzugehen. Dennoch mussten sie es wenigstens versuchen. Denn kampflos wollten sie ihre geliebte Stadt, ihre einst lieb gewonnene Heimat keinesfalls hergeben! Sie wollten kämpfen und das Gute wieder in ihre Stadt zurückbringen!

Schon am darauf folgenden Tag begannen sie, ihr mutiges Vorhaben in die Tat umzusetzen. Sie zogen sich ordentlich an und traten entschlossen und hoch erhobenen Hauptes hinaus auf die Straße. Dort liefen die Dummen mit dunkler Einheitskleidung und gesenktem Kopf an ihnen vorüber und taten mit versteinerter eisig kalter Miene so, als bemerkten sie nichts. Doch Paul und seine Freunde liefen mit aufrechtem Gang, lächelnd und mit selbstbewusstem Schritt die Straßen entlang. Und es war ganz seltsam. Hinter den Gardinen der meisten Häuser bewegten sich plötzlich menschliche Silhouetten. Und auf einmal öffneten sich die sonst stets verschlossenen Türen der Häuser, die bislang trübe und trist, einsam und kalt in der Düsternis lagen und Dutzende von aufrecht laufenden, lachenden und singenden Menschen strömten ans Tageslicht. Es waren all jene, welche sich über die Zeit total zurückgezogen und abgeschottet hatten. Es waren all jene, die klug und intelligent, sympathisch und charismatisch waren. Es war die anständige Bevölkerung der Stadt, die von den Dummen bis eben noch unterjocht wurde. Sie alle besannen sich angesichts des entschlossenen Auftretens von Paul und seinen Freunden ganz plötzlich auf ihre Stärken und schlugen sich bis zum Rathaus durch.

Es war kaum zu glauben – es waren schließlich so unglaublich viele Menschen, dass die Dummen nicht wagten, sie anzugreifen. Die Intelligenten waren einfach in der Überzahl und es wurden minütlich mehr.

Schließlich versuchte der poltrige herumbrüllende Bürgermeister der Dummen den eingeschüchterten Mob gegen die selbstbewusste Stadtbevölkerung aufzuwiegeln. Doch die waren nicht nur dumm, sondern auch mächtig feige. Und so trauten sie sich nicht an die Revoltierenden heran. Sie gaben schließlich auf und wollten sich in ihrer Feigheit den Demonstranten anschließen. Die ließen sich jedoch nicht beirren und jagten den vermeintlichen Bürgermeister mit Hieben und mit Schimpf und Schande aus der Stadt! Da verzogen sich die dunklen Wolken über den Häusern, der Gestank in den Straßen wich einer neuen wohlduftenden optimistischen Brise und die Stadt erstrahlte hell im freiheitlichen warmen Sonnenlicht einer besseren Zeit. Die Dummen und die Säufer, die Kiffer und die Ungebildeten, die Primitiven und jene, die vom Bock zum sprichwörtlichen Gärtner erhoben wurden, weil sie ein paar sinnreiche Worte dummschwätzerisch nachgeplappert hatten, zogen sich in eine menschenleere Gegend zurück, wo sie in trostloser Vergessenheit und ihrer eigenen Dummheit ungesehen und ungehört vergingen.

Die Stadt hingegen wurde ein glorreiches Beispiel für die gesamte Region und schon bald erging es der gesamten Gegend so und sie erlebte einen regelrechten positiven Aufschwung!

Paul und seine Freunde regierten fortan diese neue lebendige Stadt. Und alle Menschen, die dort lebten, konnten sich daran beteiligen und waren endlich wieder erleichtert und froh. Sie waren glücklich, den üblen Mob, den Hass und die Dummheit, die Oberflächlichkeit und die Bösartigkeit für immer aus ihrer Stadt verbannt zu haben. Und sie passten genau auf, dass diese Brut niemals wieder ihre schöne Stadt beschmutzte!

Tja, und wenn sie nicht gestorben sind, und die Dummheit und die Oberflächlichkeit nicht wieder die Seelen der gut situierten Leute verseuchten, dann könnten sie vielleicht noch heute leben, oder?

Das Schloss im Säure-See

Majestätisch lag das Schloss inmitten des einsamen Bergsees. Es sah beinahe so aus, als ob es auf dem Wasser schwamm. Die Inhaberin des Schlosses hatte bisher noch niemand gesehen. Man munkelte, es sei eine alte Gräfin, die in jenem Schlosse residierte. Wie sie hieß wusste keiner. Man wusste nur, dass sich die Gräfin jeglichen Besuch verbat. Warum das so war, konnte sich niemand erklären. Aber das zumindest mit dem See irgendetwas nicht stimmte, war allen klar. Seltsame Dinge gingen dort vor sich. Immer wieder verschwanden Leute, die heimlich und bei Nacht zum Schloss schwammen.

Von diesen merkwürdigen Dingen bekam eines Tages auch ein findiger Journalist Wind. Mark, so sein Name, versuchte vergeblich, die Gräfin telefonisch zu erreichen. Stets meldete sich eine Stimme, die mitteilte, dass die Gräfin nicht erreichbar sei. Mark erkundigte sich in einem winzigen Dorf, unweit des Sees, ob man etwas über jene Gräfin wusste. Doch dort zeigte man sich sehr bedeckt, wollte nicht über das Schloss und auch nicht über den See sprechen. Nur, dass sich keiner mehr in den See traute, erzählte man ihm hinter vorgehaltener Hand. Außerdem könnte man manchmal ein kleines Boot beobachten, dass bei Nacht und Nebel zum Festland übersetzte. Dort wartete bereits eine schwarze Limousine, und eine schwarz gekleidete Gestalt stieg ein und brauste davon. Mark blieb nichts weiter übrig, als sich selbst zum See zu begeben und abzuwarten. Er packte seine Sachen zusammen und fuhr mit einem kleinen Zelt im Kofferraum in die Berge zu dem malerisch gelegenen See.

In einem dichten Waldstück baute er das Zelt auf und richtete sich für ein paar Tage dort ein. Schon in der ersten Nacht zog er um den See. Vom steinigen Ufer aus beobachtete er das kleine Schloss. Es schien schon sehr alt zu sein, denn es sah verfallen aus und grau. Mark fand eine kleine Bucht, von wo aus er das Schloss sehr gut sehen konnte. Er setzte sich auf eine mitgebrachte Decke und schaute unentwegt auf den See hinaus.

Gegen Mitternacht wurde es so kalt, dass er sich die Decke umwarf und ein paar Schritte hin und her lief. Dabei rutschte er aus und sein Fotoapparat fiel in den See. Weil das Wasser an dieser Stelle sehr flach war, wollte er den Apparat wieder herausholen. Da beobachtete er mit Schaudern, wie das Wasser heftig zu sprudeln begann. Es zischte und brodelte, dann war vom Fotoapparat nichts mehr zu sehen. Er hatte sich einfach aufgelöst. Mark wich einen großen Schritt vom Ufer zurück. Wie konnte das nur sein? Warum löste sich der Fotoapparat im Wasser auf? War das überhaupt Wasser?

Er entschloss sich, eine Probe zu entnehmen und diese in einem Institut untersuchen zu lassen. Schnell kramte er eine mitgebrachte

Glasampulle aus seinem Rucksack, zog sich Gummihandschuhe über und legte die Ampulle ins flache Wasser.

Als sie mit dem Wasser des Sees gefüllt war, zog er sie wieder heraus und verschloss sie. Schließlich verstaute er sie in seinem Rucksack. Bevor er das Schloss genauer untersuchte, musste er erst einmal wissen, was es mit dem Wasser des Sees auf sich hatte. Noch in der Nacht fuhr er zu einem befreundeten Physiker. Der versprach ihm, die Analyse umgehend vorzunehmen.

Am nächsten Tag erfuhr er, dass es sich bei dem Wasser des Sees um Salzsäure handelte. Mark wusste nicht, was er dazu sagen sollte. Wie kam diese Säure in den See? Und warum konnte das Boot, welches man beobachtet hatte, unbeschadet den See überqueren? Mark wusste nicht, was er tun sollte. Er fuhr zurück zum See und überlegte. Vielleicht konnte er ja mit einem Fluggerät zum Schloss hinübergelangen. Aber wie sollte er im Schloss landen? Trotz aller Vorbehalte wollte er es dennoch wagen. Mit seinem Journalistenkollegen Bernd, der nebenbei Ballonfahrten anbot, wollte er zum Schloss hinüberfahren.

In der folgenden Nacht war es soweit. Bernd und Mark starteten von einer großen Wiese beim Ufer in Richtung des Schlosses. Alles funktionierte wunderbar und der Ballon ging lautlos auf einem Turm des Schlosses nieder. Bernd band den Ballon an einem Wetterhahn fest. Dann schlichen die beiden durch eine offene Tür in das Innere des Schlosses. Doch es war ganz seltsam, das Schloss schien verlassen. Nirgendwo trafen sie auf eine Menschenseele. Überall lagen nur Schutt und heruntergefallene Mauerreste herum. Das gesamte Schloss war in einem bemitleidenswerten Zustand. Offenbar hatte sich schon seit vielen Jahren keiner mehr um irgendetwas gekümmert. Lebte überhaupt jemand hier? Und wo befand sich die Gräfin? Gab es überhaupt diese ominöse Gräfin?

Lange brauchten die beiden nicht, um das gesamte Schloss zu durchqueren. Sie fanden auch nicht den kleinsten Hinweis auf einen Bewohner oder gar die Gräfin.

Gerade wollten die beiden wieder auf den Turm, um mit ihrem Ballon zum Ufer zurück zu fahren, da entdeckte Bernd eine Holztür. Sie war nur angelehnt und die beiden schritten hindurch. Über eine schmale Wendeltreppe gelangten sie nach unten. Vor einer weiteren Tür mit schmiedeeisernen Beschlägen endete sie. Mark hatte seine Taschenlampe eingeschaltet und leuchtete den kleinen, muffig riechenden Vorraum aus. Zwischen dutzenden zerbrochenen Ziegelsteinen lag ein Schlüssel. Mark hob ihn auf und steckte ihn ins Schloss. Er passte und nachdem er aufgeschlossen hatte, öffnete sich die Tür wie von selbst.

Was die beiden dann sahen, ließ sie erschaudern. In der Mitte des halbdunklen Raumes stand ein steinerner Sockel. Darauf lag der Kopf einer alten Frau. Unzählige Zuleitungen führten von dem Kopf zur Wand, wo sie schließlich verschwanden. Die beiden versteckten sich hinter einer breiten Säule. Hinter ihnen fiel die Tür ins Schloss und erzeugte ein klackendes Geräusch. Die beiden hielten den Atem an, doch keiner schien sie bemerkt zu haben. Wie versteinert standen die beiden hinter der Säule und starrten auf den Kopf.

Plötzlich wechselte das Licht und im gesamten Raum breitete sich ein magisches grünes Licht aus. Aus den Wänden entstiegen zwei Gestalten. Sie sahen zwar aus wie Menschen, schienen jedoch keine zu sein. Sie hatten keine Beine, schwebten wie Geister durch den Raum. Vor dem Kopf blieben sie stehen. Nach einer kleinen Weile begann sich der Kopf zu bewegen. Und eine monotone Stimme ertönte. Sie war nicht laut aber gut hörbar.

„Die Forschungen werden heute abgeschlossen. Für die Rekonstruktion wird noch ein Menschenkörper benötigt. Es muss sofort begonnen werden, denn es wurde soeben eine Person im See erkannt, die sich langsam dem Schloss nähert."

Die beiden Gestalten flogen zurück zur Wand und verschwanden alsbald darin. Erneut veränderte sich das Licht, wurde rosarot und der Kopf lag wieder regungslos auf dem merkwürdigen Sockel. Sprachlos starrten Mark und Bernd auf das unfassbare Geschehen. Was meinte der Kopf mit der Rekonstruktion? Wollte er etwa einen neuen Körper? Und wer schwamm da im Wasser? War das überhaupt möglich, in der Salzsäure schwimmen? Die beiden wussten nicht, was sie davon halten sollten.

Vorsichtig schlichen sie sich aus dem Raum und schlossen die Tür hinter sich zu. Nachdenklich setzten sie sich auf die Stufen und schwiegen. Was ging hier vor? Sollten sie die Polizei holen? Sie beschlossen, zunächst mit dem Ballon zum Ufer zurück zu fahren.

Auf leisen Sohlen schlichen sie die Wendeltreppe hinauf auf den Turm. Dort kletterten sie in die Gondel, Bernd band den Ballon los und sie stiegen in den dunklen Nachthimmel hinauf. Von oben bemerkten sie eine Person, die im Wasser schwamm. Das konnte doch gar nicht sein. Befand sich dort unten nicht Salzsäure? Seltsam.

Plötzlich begann das Wasser zu sprudeln und zu schäumen. Als sich die Wasseroberfläche wieder geglättet hatte, konnten sie den Schwimmer nirgends mehr finden. Vermutlich war er ertrunken. Auf der kleinen Wiese, nahe dem Ufer landeten sie und banden den Ballon an einem Baumstamm fest. Sie waren sich sicher, dass hier furchtbare Dinge vorgingen. Konnte die Salzsäure vielleicht gezielt eingesetzt werden, um unliebsame Besucher fernzuhalten? Welchen Sinn sollte sonst das Ganze haben? Und was hatte es mit dem grausigen Kopf auf dem steinernen Sockel auf sich? Wer waren diese beiden Gestalten, die in der Wand verschwanden? Alles nur Einbildung oder wirklich wahr? Was hatte das alles zu bedeuten?

Es begann zu dämmern und die beiden entschlossen sich, doch die Polizei zu benachrichtigen. Mehrere Einsatzwagen der Polizei umstellten den Bergsee.

Als das Wasser untersucht wurde, konnte man keinen Hinweis auf irgendeine Säure finden. Beim Sturm des Schlosses wurde ebenfalls nichts Außergewöhnliches gefunden. Auch in dem Kellerraum, in welchem Mark und Bernd den Kopf auf dem Steinsockel liegen sahen, fanden die Einsatzkräfte der Polizei nichts dergleichen vor. Der Raum war leer. Nur am Ufer, dort, wo die beiden mit ihrem Ballon gelandet waren, liefen drei unbekannte Personen, zwei Männer und eine alte Frau.

Als die Polizisten die Personen anhielten und sie zum Schloss befragten, stotterten die drei nur herum. Sie konnten nicht festgenommen werden, doch einem der Polizisten fiel ein blutdurchtränkter Verband auf, welcher um den Hals der alten Frau gewickelt war!

Tödliche Auszeichnung

Harry war ein geldgieriger, bösartiger Mann, der nur an seinen eigenen Vorteil dachte. Er besaß zwei Chemiefabriken und verdiente Millionen. Doch auch in seinem Privatleben lief es nur, weil er den Ton angab. Seine Frau und sein Sohn hatten nichts zu melden. Alle litten unter Harrys Herrschaft.

An seinem fünfzigsten Geburtstag sollte er schließlich ausgezeichnet werden. Man schlug ihn für die Medaille für Menschlichkeit und die Ehrennadel für besondere Verdienste in der Wirtschaft vor. Doch einige Wochen zuvor sollte ein windiger Journalist Harrys Treiben beinahe ein Ende setzen.

Täglich fiel in den Fabriken eine Menge Abfall an. Doch dieser Abfall war hochgiftig, es war Giftmüll! So hätte er eigentlich ein besonderes Augenmerk auf die Sicherheit in seinen Firmen legen müssen. Und er hätte den Giftmüll auf speziellen Deponien entsorgen lassen müssen. Doch an dieser Stelle sparte er. Auch seine Arbeiter erhielten keinerlei Schutzkleidung. Und so kam es, wie es kommen musste! Ein Arbeiter starb an den giftigen Abfällen in der Firma. Beim unsachgemäßen Verpacken des Mülls atmete er große Mengen giftigen Staubes ein und erstickte qualvoll daran. Harry allerdings weigerte sich, der Familie eine Abfindung zu zahlen, was den Journalisten schließlich dazu brachte, alles zu veröffentlichen. Aber Harry wäre nicht Harry, wenn ihm da nicht etwas besonders Gemeines einfiele. Er kannte den Chef des Journalisten. Mit ihm verbrachte er so manch heiße Nacht in diversen Rotlichtclubs. Und Harry hatte noch „Einen" gut bei diesem Chef. So wurde der Journalist gefeuert.

Die Schweinerei wurde unter den Teppich gekehrt und alles blieb beim Alten. Unterdessen rückte der Tag der Auszeichnung immer näher. Harry freute sich schon und probierte bereits Dutzende Anzüge an, er wollte der Schönste sein an diesem Tage.

Endlich war es soweit und Harry ließ sich mit einer riesigen schwarzen Limousine zum stadtbekannten *„Privatclub der Millionäre"* chauffieren. Doch auch ein Transporter mit giftigem Müll aus Harrys Fabrik wurde auf den Weg gebracht. Davon jedoch wurde während des rauschenden Festes natürlich kein Wort gesprochen.

Die Feier im Club begann und alle, die etwas zu sagen hatten, aber auch diejenigen, die gern etwas zu Sägen hätten, waren anwesend. Es gab Kaviar und Schampus. Harry rief noch schnell bei seinem Spediteur an, ob mit dem giftigen Transport auch alles glattgegangen sei. Der gab Entwarnung und Harry saß siegessicher und mit geschwellter Brust auf seinem Platz.

Nachdem viel Schmalz gefaselt wurde, Pöstchen gesichert waren und man sich gegenseitig beweihräuchert hatte, wurde Harry endlich auf die Bühne gebeten. Der Moderator mühte sich redlich, Harrys zweifelhaftes Schaffen schön zu reden. Er sprach davon, dass Harry ein besonders engagierter Geschäftsmann sei und verkündete, dass er demnächst sogar notleidenden Kindern helfen wollte. Dass er sich allerdings sämtliche Spenden mit überteuerten Preisen und Abschreibungen in dreifacher Höhe zurückholte, wurde totgeschwiegen. Harry hatte ein rosiges Gesicht, als ihm die beiden Medaillen angeheftet wurden.

Schließlich erhielt er noch zwei Urkunden, in welchen man sich für seine Aufopferungsbereitschaft und die vielen Arbeitsplätze bedankte. Er nahm sie entgegen und küsste sie mehrmals. Das sollte wohl zeigen, wie er sich freute, sie erhalten zu haben. Stolz stellte er sich ans Mikrofon und sprach noch einige scheinheilige Worte des Dankes zu den Leuten. Er meinte, dass er sich immer mühte, das Allerbeste zu geben und den Menschen wirklich immer nur geholfen habe, er sprach von Liebe und Menschlichkeit. Doch was war das? Beinahe schien es so, als wäre ihm alles ein bisschen zu viel geworden, denn dicke Schweißperlen glänzten auf seiner Stirn. Er schwankte vor dem Mikrofon hin und her und griff sich dabei immer wieder an seinen Hals. Und es war kaum zu glauben, aber bei dem Wort *„Menschlichkeit"* sank er schließlich zusammen. Er stürzte der Länge nach auf die Bretter, die sonst eigentlich die Welt bedeuten sollten und rührte sich nicht mehr. Der sofort herbeigeeilte Notarzt konnte nur noch seinen Tod feststellen.

Bei der späteren Obduktion fand man heraus, dass Harry an einer schweren Vergiftung starb. Die Ermittlungen ergaben schließlich, dass mit dem Giftmülltransport am Tag der Auszeichnung auch seine Ehrennadeln und die Urkunden transportiert wurden. Um Geld zu sparen, hatte Harry kurzerhand den Extratransport gestrichen. So wurden seine Urkunden und Ehrennadeln zusammen mit den giftigen Abfällen verpackt. Eines der Behältnisse musste wohl bei der holprigen Fahrt ein Leck bekommen haben oder es war schlichtweg zu miese Qualität, sodass sich der hochgiftige Staub über die Auszeichnungen verteilte. Als Harry die Auszeichnungen erhielt, gingen bereits geringe Spuren des Giftes auf ihn über. Das allein genügte jedoch nicht, um ihm die tödliche Dosis zu verabreichen. Als er aber die Urkunden küsste, nahm er die Gifte unfreiwillig und direkt in größerer Menge auf. Das Gift wirkte sofort und Harry wurde ein Opfer seiner eigenen Schandtaten!

Natürlich wollten die Gerichtsmediziner wissen, wer den Giftmülltransporter beladen hatte. Man kontrollierte die Ladungspapiere und entdeckte eine Unterschrift darunter. Es war die des Arbeiters, der vor einigen Wochen beim Einatmen des tödlichen Staubes gestorben war.

Taxi

Kobe, Japan [Bericht]

Ich arbeitete damals als Ärztin in Kobe. Meine Praxis befand sich in einem hohen Bürogebäude mitten in der Stadt.

Am 16. Januar hatte ich so viel Patienten wie selten. Erst gegen Abend kam ich von einem dringenden Hausbesuch in die Praxis zurück. Da ich gleich am nächsten Morgen zu einer Weiterbildung musste, konnte ich nicht mehr nach Hause fahren. Ich blieb in der Praxis und schlief auf einem Sofa, welches im Wartezimmer stand.

Am nächsten Morgen gegen 4 Uhr klingelte das Telefon und ein Herr von der Rezeption des Gebäudes meldete sich. Aufgeregt meinte er, dass bei ihm ein Taxifahrer steht, der mich abholen soll. Es sei sehr dringend, ein Notfall! Ich fragte nicht lange, griff nach meiner immer bereitstehenden Arzttasche, machte mich ein wenig frisch und eilte zum Lift. Obwohl ich mich noch nicht so recht wach fühlte, ging ich in Gedanken die Termine des Tages durch. Die Weiterbildung konnte ich wohl vergessen. Vielleicht aber dauerte der Notfall nicht so lange und ich könnte es zeitlich doch noch einrichten, dorthin zu fahren.

Unten an der Rezeption stand der junge Mann. En wenig seltsam erschien er mir. Sein streng zur Seite gekämmtes Haar und sein schwarzer Anzug erinnerten mich an einen Kammerdiener oder auch an einen persönlichen

Fahrer. Er lächelte nicht ein einziges Mal. Und seine dunklen Augen hatten etwas Geheimnisvolles.

Als ich mich vorstellte, meinte er mit düsterer Stimme, dass wir sofort aufbrechen müssten. Ich fragte natürlich, was passiert sei. Er sagte nur, dass es um eine ältere Dame mit einer Kopfversetzung ginge. Schnell stiegen wir ins Fahrzeug und fuhren los. Das Taxi brauste wie verrückt durch die Straßen, doch der Fahrer sagte die ganze Zeit kein einziges Wort.

Als wir die Stadt längst hinter uns hatten, sprach ich den schweigsamen Fahrer an: *„Ist es noch sehr weit? Wohin fahren wir eigentlich?"*

Erst nach einigen Sekunden antwortete er: *„Das werden Sie sehen. Es ist ein Notfall, mehr kann ich Ihnen wirklich nicht sagen."*

In diesem Augenblick keimte in mir ein Verdacht, dass hier irgendetwas nicht stimmte. Gab es überhaupt einen Notfall? Nur, wenn es keinen Notfall gibt, warum fuhr er dann so unglaublich schnell? Außerdem wunderte ich mich über die merkwürdige monotone Stimme des Mannes. Er drehte sich nicht einmal um, als er mit mir sprach. Regungslos saß er hinterm Steuer und raste durch die Straßen, dass es mir bereits angst wurde.

Immer schneller ging die Fahrt, und ich drückte mich verängstigt in mein Polster hinein. Noch einmal fasste ich mir ein Herz und sprach den Fahrer an: *„Sagen Sie mir endlich, was hier los ist? Oder haben Sie den Notfall nur erfunden?"*

Der Fahrer reagierte nicht. Er saß hinterm Steuer und hielt sich krampfhaft am Lenkrad fest. Und die Fahrt wurde schneller und schneller.

Plötzlich fiel mir auf, dass ich während der gesamten Fahrt keinen einzigen Menschen gesehen hatte. Niemand schien unterwegs zu sein. Was ging hier vor? Vor einem alten verfallenen Haus blieb das Taxi endlich stehen.

Nervös schaute ich auf meine Armbanduhr, sie zeigte 5:40 Uhr an. Was sollte ich hier draußen? Wer wartete hier auf mich? Der Taxifahrer sagte nur: *„Steigen Sie aus und gehen Sie sich auf dem schnellsten Weg in das Haus. Dort wartet man bereits auf Sie."*

Misstrauisch schaute ich nach vorn zum Fahrer. Da er noch immer keinerlei Regung zeigte, nahm ich meine Arzttasche und stieg aus dem Wagen. Im gleichen Augenblick gab der Fahrer Gas und das Taxi raste mit quietschenden Reifen davon. Ich lief zum Haus und klopfte. Niemand öffnete. Doch die Tür war angelehnt. Vorsichtig betrat ich das Haus und rief dabei: *„Hallo, ist jemand zu Hause?"*

Aus einem Nebenraum vernahm ich ein Stöhnen. Schnell ging ich hinein und fand eine ältere Dame vor. Offensichtlich war sie gestürzt und mit dem Kopf gegen ein Regal gefallen. Ihre Wunde am Kopf blutete sehr stark. Noch immer benommen stöhnte sie und konnte sich nicht bewegen. Ich versorgte sie und half ihr, sich aufs Bett zu legen. Langsam kam sie wieder zu sich.

Sie dankte mir und fragte mich, woher ich gewusst hätte, dass ihr etwas zugestoßen sei. Ich erzählte ihr mein Erlebnis mit dem Taxifahrer. Sie wunderte sich sehr, denn sie hatte ja keinem Bescheid geben können. Alles ging viel zu schnell. Aber sie freute sich, dass ich gerade rechtzeitig bei ihr erschien.

Gerade wollte ich einen Krankenwagen rufen, um sie ins Krankenhaus zu bringen, da vernahm ich ein immer lauter werdendes Grollen. Es schien aus der Erde unter dem Haus zu kommen. Es wurde lauter und lauter, dröhnte bereits in meinen Ohren! Dann vibrierte das Haus, Möbel kippten um, ich hielt mich am Bett fest, die Lampe fiel von der Decke! Schließlich wurde es dunkel im Raum und dann wurde es wieder ruhig. War das ein Erdbeben?

Als ich wieder zu mir kam, war es stockdunkel um mich herum. In meiner Arzttasche suchte ich nach einer Taschenlampe.

Als ich sie endlich fand und einschaltete, leuchtete ich zu der alten Dame. Ich fragte sie, wie es ihr ging. Sie meinte, dass ihr nichts fehlte. Nur ein wenig Kopfschmerzen habe sie. Ich leuchtete ins Zimmer, suchte nach einem Telefon. Einige Regale waren umgestürzt und Fotos, die dort standen, lagen überall im Zimmer herum. Eines fiel mir sofort ins Auge! Es zeigte den jungen Taxifahrer, der mich hierher gebracht hatte. Ich fragte die Dame nach dem jungen Mann. Sie wurde sehr traurig und meinte nur, dass es sich bei dem jungen Mann um ihren Sohn handelte. Er sei vor zwei Jahren bei einem plötzlichen Erdstoß mit seinem Taxi gegen einen Brückenpfeiler gerast und dabei ums Leben gekommen. Seinen Tod hatte sie nie verkraftet.

Ich wusste nicht, ob ich ihr sagen sollte, dass er mich mit seinem Taxi zu ihr gebracht hatte. Sie würde es mir niemals glauben. Vielleicht hatte ich mich auch geirrt und er war es gar nicht. Ich behielt das Geheimnis für mich. Nachdenklich griff ich zum Telefonhörer und wollte einen Krankenwagen rufen. Doch dort wurde mir mitgeteilt, dass es soeben ein schweres Erdbeben gegeben habe. Die ganze Stadt sei zerstört worden. Ich könnte von Glück sagen, nicht dort gewesen zu sein.

Später erfuhr ich, dass das Gebäude, in welchem sich meine Praxis befand, völlig zerstört wurde. Es war der 17. Januar, der Tag des schweren Erdbebens in Kobe! Wäre der Taxifahrer nicht gekommen, wäre ich vermutlich in den Trümmern des Gebäudes umgekommen!

Der Kredithai

Paul war ein skrupelloser Kredithai. Seit vielen Jahren nahm er die Leute aus und labte sich am Unglück anderer. Viele seiner Klienten erpresste er so lange, bis sie ihm auch noch ihr letztes Hemd gaben. Mit unlauteren Mitteln stahl er sich seinen Reichtum zusammen. Er ließ die Armen und Bedürftigen gezinkte Verträge unterzeichnen, die sie nie und nimmer einhalten konnten. Aber auch Menschen, die noch etwas besaßen und vorübergehend in finanzielle Engpässe gerieten, zog er gnadenlos über den Tisch. Wertvolle Immobilien, Aktien und Kunstgegenstände gelangten auf diese betrügerische Weise in seinen Besitz. Und er fühlte sich von Tag zu Tag immer besser. Irgendwann konnte er sich sogar einen sehr beliebten teuren Luxuswagen kaufen. Sein Bankkonto wurde immer dicker, dass seiner Klienten jedoch immer kleiner.

Eines Tages erschien eine alte Frau bei ihm im Büro. Sie benötigte dringend einen kleinen Kredit. Ohne dieses Geld, so sagte sie, könnte sie sich nichts mehr zu essen kaufen. Paul, der die Not in ihren Augen sah, grinste zufrieden und satt. Endlich hatte er wieder so eine Kundin, die wohl alles für ein paar lumpige Dollar geben würde. Er holte einen mehrere Seiten langen Vertrag aus der Schublade und trug eine Summe dort ein. Es war nur eine sehr niedrige Summe, doch in den betrügerischen Klauseln dieses Vertrages wurde die dreifache Summe zurückverlangt.

Als er bemerkte, wie die alte Frau den Vertrag hin und her drehte und die Klauseln nur überflog, hatte er den Verdacht, dass sie nicht lesen könnte. Das beflügelte ihn noch mehr bei seiner üblen Masche. Schnell heftete er noch einen Anhang an den Vertrag, in welchem er sich die Befugnis erteilte, bei nicht fristgemäßer Rückzahlung ihr gesamtes Eigentum abholen zu dürfen. Die Alte unterschrieb und erhielt das wenige Geld.

Als sie gegangen war, lachte Paul laut und schrill. Wieder hatte er einen bedürftigen Menschen auf das Gemeinste betrogen und ausgetrickst. Das Schicksal der alten Frau interessierte in absolut nicht.

Am Nachmittag machte er schon etwas eher Schluss. Er wollte noch zur Bank fahren, um die bereits schon erschlichenen Gelder auf sein Konto einzuzahlen. Als er in der Tiefgarage seinen Wagen suchte, stand plötzlich die alte Frau vor ihm. Erschrocken fuhr er die Alte an: *„Was suchen Sie denn hier! Scheren Sie sich lieber ins Obdachlosenheim, wo Sie hingehören. Und vergessen Sie nicht, Ihre Schulden nächsten Monat pünktlich an mich zu zahlen! Sonst sind Sie nämlich nicht nur ihr ganzes Geld los, sondern auch ihr restliches Eigentum!"*

Die Alte jedoch stand regungslos vor ihm und starrte ihn nur an. Dann streckte sie ihre Hand nach ihm aus und öffnete sie – in der Hand lag ein schwarzes Kreuz.

Paul ließ sich nicht beirren. Er wollte die Alte beiseiteschieben und in seinen Wagen steigen. Doch als er nach der Alten griff, stand sie plötzlich hinter ihm. Paul starrte die Alte an und spürte in diesem Moment etwas, dass er seit langem nicht mehr kannte, Angst! Wer war diese rätselhafte alte Frau?

Gerade wollte er wieder auf die Alte einreden, da begann sie zu sprechen: *„Du wirst für alles, was Du getan hast, teuer bezahlen! Deine Hände werden nie wieder Geld zählen!"*

Bei diesen Worten warf sie Paul das schwarze Kreuz vor die Füße und verschwand in einer riesigen Stichflamme, die urplötzlich aus dem Kreuz emporstieg. Paul konnte nicht glauben, was er da sah. Wie vom Schlag gerührt stand er an seinem Wagen und starrte auf das schwarze Kreuz auf dem Boden. Sollte er es aufheben? Was würde dann geschehen? Vorsichtig tastete er mit dem Fuß nach dem Kreuz und schob es schließlich mit einer schwunghaften Bewegung unter einen Mauervorsprung. Dann ließ er sich in seinen Autositz fallen und raste mit quietschenden Reifen davon.

Noch immer unter dem Eindruck des gespenstischen Vorfalls stehend raste er durch die Stadt. Die nächste Ampel schaltete auf Rot und Paul wollte anhalten. Aber die Bremse funktionierte nicht. Mehrmals drückte er das Bremspedal, doch es gab keinerlei Reaktionen. Und obwohl Paul kein Gas gab, wurde der Wagen schneller und schneller. An einer Brücke glaubte er bereits, die Kontrolle über den Wagen zu verlieren.

Als er schließlich panisch das Steuer verriss, verfehlte er nur knapp den gähnenden Abgrund. Auf einer Wiese neben der Brücke kam er endlich zum Stehen. Mit zittrigen Beinen stieg er aus und lief um seinen Wagen herum. Doch was war das? Auf der Motorhaube lag etwas. Es war das schwarze Kreuz!

Paul schrie laut auf und wischte das Kreuz mit einer Handbewegung von der Motorhaube. Es fiel in das Gras und Paul fand es nicht mehr. Dann stieg er zurück in den Wagen und fuhr wieder auf die Straße. Die Bremsen funktionierten seltsamerweise wieder einwandfrei. Und an einem leichten Straßengefälle ließ sich der Wagen wieder gut abbremsen. Doch seine Erleichterung sollte nicht lange währen. Aus der Luft klatschte plötzlich ein großer schwarzer Vogel gegen seine Frontscheibe. Paul konnte nicht mehr sehen, wohin er fuhr. Voller Kraft trat er die Bremse, die Reifen quietschten und kurz vor einer Hauswand kam der Wagen endlich zum Stehen.

Paul stieg aus und schaute nach, ob er die Hauswand erwischt hatte. Auch wollte er den toten Vogel von der Scheibe nehmen. Sein Wagen war vollkommen in Ordnung, er hatte die Hauswand nicht berührt. Der vermeintlich tote Vogel jedoch bewegte sich plötzlich wieder und flog auf und davon. Dabei gab er die Sicht auf die Autoscheibe frei, irgendetwas klebte dort. Wieder war es das schwarze Kreuz! Paul wollte es von der Scheibe nehmen, doch es klebte derartig fest, dass er es nicht mehr abbekam.

Als er es mit Gewalt versuchte, knackte es und die Scheibe bekam einen Riss. Ärgerlich und wutentbrannt stieg Paul in den Wagen und fuhr weiter. Es war nicht mehr weit bis zur Bank. Vor dem mächtigen Bankgebäude hielt er an und stieg aus. Doch als er am Schalter das Geld aus dem Futteral nehmen wollte, erstarrte er. Seine Finger waren schwarz.

Doch nicht nur das erschreckte ihn. Vielmehr die Tatsache, dass die schwarze Farbe wie Pech an jedem einzelnen Geldschein haftenblieb. Und je mehr er an den Scheinen herum wischte, desto verschmutzter wurde das Geld. Aber auch seine Finger wurden einfach nicht mehr sauber. Trotzdem er sie mit unzähligen Taschentüchern abrieb, färbten sie sich immer wieder schwarz ein. Er wurde diese furchtbare Farbe einfach nicht mehr los. Sie haftete fest an seinen Händen und ließ sich auch nicht mit Wasser und Seife entfernen. Der Bankangestellte verweigerte die Annahme des schmutzigen Geldes. Doch es kam noch viel schlimmer.

Als Paul endlich wieder in seinem Hause ankam, musste er natürlich auch die dortigen Türklinken angreifen. Und es war unglaublich, alle färbten sich schwarz und ließen sich auch nicht mehr abwaschen. Die schwarze Farbe haftete an den Türen wie Leim. Paul holte einen scharfen Fleckentferner. Doch nachdem er sich die Finger wund gerubbelt hatte, färbten sie sich wieder tief schwarz. Er zog sich schließlich Handschuhe über. Anfangs klappte das ganz gut. Doch als er seinen begehbaren riesigen Tresor öffnete, in dem sich sämtliche Verträge befanden, die er von den armen Leuten und den übrigen Opfern unterschreiben ließ, überzogen sich seine Handschuhe mit einer klebrigen schwarzen Masse. Außerdem ließen sie sich einfach nicht mehr ausziehen. Sie blieben genau wie die schwarze Farbe an seinen schmutzigen Händen kleben. Er suchte alle Verträge heraus, wollte nachkontrollieren, wann die erschlichenen Zahlungen einzugehen hatten. Doch er brauchte die Verträge nur zu berühren, da wurden sie schon schwarz. Nichts ließ sich mehr darauf erkennen. Sie waren wertlos.

Paul konnte nicht glauben, was da geschah. Was ging hier nur vor? Er rannte wieder ins Badezimmer. Dort stellte er sich unter die Dusche. Doch es war wie verhext. Als er das warme Wasser auf sich rieseln ließ, verwandelte sich das sofort in schwarze Farbe. Schließlich stand er als schwarzer Mann vor seinem Spiegel und schrie. Vor ihm im Spiegelbild prangte das schwarze Kreuz. Es hing am Spiegel wie ein böses Omen.

Plötzlich sprach jemand hinter ihm. Langsam und voller Angst drehte er sich um. Da stand die alte Frau und war ganz in schwarze Tücher gehüllt. Sie lachte laut und zeigte mit dem Finger auf ihn. Paul fühlte sich genauso, wie er jetzt war, schmutzig und nackt! So ein Gefühl hatte er noch nie gekannt. Die Alte erhob sich in die Luft und schwebte drohend vor ihm wie ein böser Geist. Das war zu viel für ihn! Er bekam einen Herzinfarkt und fiel um. Augenblicklich fiel die schwarze Farbe wie Pulver von ihm ab. Alles wurde wieder normal. Nur die Verträge nicht. Die lagen noch immer schwarz eingefärbt im Tresor und die Leute, die ihm noch Geld schuldeten, brauchten es nicht mehr zu zahlen. Der Rest des Geldes, das Paul auf der Bank bunkerte, wurde von der alten Frau unter denjenigen verteilt, die bereits von ihm betrogen wurden.

Sie gab an, die einzige nahe Verwandte zu sein, die Paul noch geblieben war. Dann verschwand die Alte auf Nimmerwiedersehen.

Als man Paul tot in seinem Hause fand, entdeckte man auch den Tresor mit den vielen eingeschwärzten Verträgen. Man musste all diese betrügerischen Formulare vernichten, weil sie nicht mehr zu gebrauchen waren.

Doch als man Paul schließlich in der gerichtsmedizinischen Abteilung des Stadtkrankhauses untersuchte, entdeckte man etwas sehr Seltsames. In seinem Kopf fand man einen Gegenstand, der sich ziemlich genau an der Hirnregion befand, wo man das menschliche Gewissen vermutete, es war ein schwarzes Kreuz!

Sein letzter Arbeitstag

[Bericht]

Es war am Tage meines letzten Dienstjubiläums. Seit fünfunddreißig Jahren arbeitete ich nun schon als Lokführer und die Arbeit wurde niemals uninteressant. Allein schon die unterschiedlichen Lokomotiven, auf denen ich schon gefahren war. Ich schaute mir all diese alten Fotos an und konnte es gar nicht glauben. Doch es half nichts, an diesem Tage nun war meine letzte Fahrt, danach ging ich in Pension.

Die Kollegen, besonders die, mit welchen ich in all den vielen Jahren zusammenarbeitete, hatten Blumensträuße und Pralinen gebracht. Ich war unendlich gerührt. Aber zum Tränenvergießen blieb keine Zeit. In einer halben Stunde musste ich noch einmal auf Tour.

Es war meine letzte Tour, bevor ich in den Ruhestand ging. Irgendwie schien alles anders an diesem regnerischen Tag. War es das Abschiedsgefühl, welches mir beinahe die Kehle zudrückte oder war es die Liebe zu meiner Lok, die ich schon seit fünfzehn Jahren fuhr. Ich kannte sie wie meine Westentasche. Und ich gebe es ehrlich zu, ich liebte sogar ein wenig. Ich streichelte mit meiner Hand über die Armaturen und schaute traurig auf das Gleis vor dem Zug. So viele Dinge hatte ich dieser alten Lok anvertraut. Sie kannte all meine Stärken und Schwächen und wusste von sämtlichen Höhen und Tiefen meines Lebens. Das war es nun, was mich ein halbes Leben lang glücklich machte. Und jetzt? Der Schaffner pfiff und ganz langsam setzte ich den Zug in Bewegung. Jeden Kilometer, den der Zug zurücklegte, wollte ich genießen. Ja, ich wollte diese allerletzte Fahrt so bewusst wie nur möglich erleben. Langsam senkte sich die Dunkelheit über die Landschaft.

Die Fahrt ging durch ein dichtes Waldstück. Der Bahndamm teilte den Wald und die endlosen Gleise, die sich ihren Weg durch die Landschaft bahnten, führten scheinbar ins Nirgendwo. Hier oben auf meiner Lok fühlte ich mich gut und geborgen. Hier spürte ich den Hauch der großen weiten Welt und ich fühlte es deutlich, dieses Fernweh nach fremden Städten und unbekannten Ländern.

Mittlerweile war es Nacht und nur die Scheinwerfer der Lok durchbrachen die gespenstische Dunkelheit.

Plötzlich glaubte ich, ein verdächtiges Geräusch, welches es nicht geben dürfte, zu hören. Mir kam der entsetzliche Verdacht, dass es sich möglicherweise um einen Schaden in der meiner Lok handeln könnte. Nur wurde nichts auf den Instrumenten angezeigt. War vielleicht etwas an den Waggons nicht in Ordnung? Ich drosselte die Fahrt ein wenig und schaute aus einem kleinen Fenster nach hinten. Viel konnte ich jedoch nicht erkennen, es schien wohl alles in Ordnung zu sein. Es musste also doch aus dem Inneren der Lok kommen.

„Auch das noch", rief ich ärgerlich, *„ausgerechnet an meinem letzten Tag muss mir noch so etwas passieren!"*

Das Geräusch wurde lauter und lauter. Schon bald ratterte die Lok wie ein alter Panzer über die Gleise. Es quietschte und krachte derart heftig unter mir, dass es mir angst wurde.

Als sich das Geräusch in ein vibrierendes Schlagen verwandelte, hielt ich den Zug an. Zwar hatte ich ein Funkgerät, doch es funktionierte aus unbekannten Gründen nicht. Nervös suchte ich nach meinem Handy. Doch auch das hatte ich dummerweise nicht bei mir. Ich musste es bei der kleinen Festrunde vorhin liegengelassen haben. Entnervt stieg ich von der Lok, um den Zug zu kontrollieren. Es war ein Güterzug, doch ich konnte nichts finden, was eventuell nach einem Schaden aussah.

Als ich wieder nach vorn zu meiner Lok lief, sah ich irgendetwas auf den Gleisen liegen. Ich blieb stehen und sagte zu mir: *„Komisch, ist mir vorhin gar nicht aufgefallen!"*

Langsam ging ich näher heran und erschrak fürchterlich. Auf den Gleisen lag eine leblose Person, ein junger Mann. Ich stellte meine Taschenlampe auf einen Schweller und berührte den Mann. Dabei sprach ich ihn laut an: *„Hallo, können Sie mich hören, hallo!"*

Und tatsächlich, der Mann lebte noch. Er röchelte unverständliches Zeug. Ich war ein wenig erleichtert, obschon ich nicht genau wusste, ob er Verletzungen hatte. Er schien jedoch unverletzt zu sein und bewegte Arme und Beine. Er wollte wohl selbst aufstehen und ich half ihm dabei. Dabei stellte ich fest, dass ihn eine starke Alkoholfahne umgab. Aber er lebte und konnte sich fortbewegen, nur das zählte! Ich stütze ihn und sprach fortwährend auf ihn ein: *„Ich bringe Sie jetzt auf die Lok. Trauen Sie sich zu, hinauf zu klettern?"*

Der junge Mann nickte, torkelte zur Seite und stöhnte dabei laut. Gerade noch rechtzeitig hielt ihn am Arm fest und versuchte ihn zu beruhigen: *„Versuchen Sie, geradeaus zu gehen, ich stütze Sie dabei ab."*

Als er an der Lok lehnte, schob ich ihn an die kleine Treppe. Er begriff, dass er nach oben sollte und stieg umständlich auf die Stufen. Dabei schob ich kräftig nach und schließlich hatte er es geschafft. Vollkommen entkräftet lag er in der Lok. Ich probierte mein Funkgerät in Gang zu setzten. Aber es gelang mir nicht. Es rauschte nur vor sich hin und verband mich nirgendwohin. Natürlich wusste ich nicht, ob die Lok noch funktionierte. Wenigstens setzte sie sich in Gang und fuhr los. Doch was war das, das seltsame Geräusch schien nicht mehr da zu sein. Die Lok fuhr ruhig wie sonst immer.

Am nächsten Bahnhof hielt ich an und rief die Polizei. Es stellte sich heraus, dass sich der junge Mann umbringen wollte. Nachdem er seinen Job verloren hatte, trennte sich seine Frau von ihm und nahm die Kinder mit. Was ihm blieb, war ein riesiger Schuldenberg. Er hatte sich mit einer Flasche Schnaps betäubt und war volltrunken bis zum Bahndamm gelaufen. Vollkommen am Ende legte er sich auf die Gleise. Allerdings schlief er dort sofort ein und hätte ich nicht angehalten … ich wagte nicht, den entsetzlichen Gedanken bis zu Ende zu führen. Wahrlich kein schöner Gedanke, wenn man sich überlegt, dass es mein allerletzter Arbeitstag war.

Doch noch etwas Anderes versetzte mir einen Stich im Herzen! Als meine geliebte Lok in der Werkstatt untersucht wurde, fanden die Techniker heraus, dass sie vollkommen in Ordnung war und nie einen Schaden hatte!

Banküberfall

[Bericht]

Der Urlaub stand vor der Tür. Und weil ich am nächsten Morgen schon recht früh zeitig losfahren musste, wollte ich noch einmal zur Bank, um mir Geld zu holen.

In der Schalterhalle der Bank war wenig Betrieb und nachdem ich alles erledigt hatte, wollte ich schnellstens wieder heim, um zu packen. Ich schob meine Geldkarte in die Börse und strebte dem Ausgang zu.

Plötzlich wurde die Tür der Schalterhalle aufgestoßen und zwei vermummte Gestalten stürmten herein. Erschrocken fuhr ich zurück und glaubte nicht, was ich da sah. Mit vorgehaltener Waffe zwangen uns die Gauner, uns sofort auf den Boden zu legen und keinerlei Widerstand zu leisten. Einer der Gangster kümmerte sich derweil um die beiden Schalterangestellten. Die beiden jungen Frauen waren vollkommen überfordert. Er zwang die Angestellten, mit erhobenen Händen in den hinteren Trakt des Raumes zu gehen. Dort mussten sie den Tresor öffnen, um die größeren Beträge heraus zu geben. Die beiden Angestellten taten alles so, wie die Diebe es von ihnen verlangten. Unterdessen nahm uns der andere Räuber die Wertsachen, die Uhren und das Bargeld ab.

Plötzlich begann einer der auf dem Boden liegenden Kunden laut zu schimpfen. Als er panisch aufstand und wegrennen wollte, wurde er von einem der Gauner übel zusammengeschlagen. Der Mann fiel zu Boden und rührte sich nicht mehr. Ich konnte all das nicht mehr länger mit ansehen. Doch was sollte ich tun? Schweigend herumliegen, gar nichts tun? In mir regte sich eine unbändige Wut auf die Täter. Was fiel denen überhaupt ein, mir meinen Willen zu nehmen und mich wie ein Stück Dreck hier unten liegen zu lassen? Konnten sie nicht arbeiten gehen und sich auf eine anständige Art und Weise Geld beschaffen? Immerhin war ich auch nicht reich.

Vorsichtig schob ich mich an einen neben mir liegenden alten Mann und flüsterte ihm zu, dass ich versuchen werde, die Täter abzulenken. Vielleicht gelang es mir ja, irgendwie die beiden unschädlich zu machen. Der alte Mann meinte nur, dass ich das lieber nicht tun sollte. Am Ende schießt noch einer der Täter. Doch ich musste es wagen.

Langsam rutschte ich in Richtung eines Feuerlöschers. Ich hatte eine perfide Idee, wollte die Täter mit dem Löscher besprühen. Wie falsch diese Idee war, bekam ich Sekunden später zu spüren. Einer der Täter bemerkte mein Umherrutschen und hielt mir seine Waffe an den Kopf. Er brüllte, wenn ich nicht augenblicklich ruhig liegen bliebe, würde er mich erschießen. Jetzt reichte es mir. Ich hielt den Gauner am Bein fest, sodass er stolperte und dabei seine Waffe fallen ließ. Dann sprang ich auf und wollte losrennen.

Noch immer wollte ich mein Vorhaben mit dem Feuerlöscher in die Tat umsetzen. Der Gauner aber hielt mich fest, drückte mich auf den Boden und legte seine Hände um meinen Hals. Er würgte mich derart, dass ich kurz vorm Ersticken war.

Plötzlich sah ich, wie mein bisheriges Leben in unzähligen Bildern vor mir erschien. Den Würgegriff des Täters spürte ich nicht mehr. Ich sah mein Leben wie einen Film, der auf einer übergroßen Leinwand vorüber lief. Da erschienen die Zeiten als Kind, als Jugendlicher, ich sah meine Mutter. Es war ganz seltsam, aber in diesem Moment wurde alles leicht, so unglaublich leicht. Alles lief ab wie ein Traum, in dem ich ganz langsam versank. Und fern am Horizont erschien ein weißer Lichtpunkt, der mich magisch zu sich zog. Doch was war das? Aus der übergroßen Leinwand meines Traumes, meines Lebens, löste sich eine Gestalt. Sie flog geradewegs auf mich zu. Ich erschrak, die Gestalt, die mir entgegenflog, diese Gestalt war ich selbst! Es war mein zweites „Ich"! Dieses zweite „Ich" flog durch die Schalterhalle der Bank und verharrte einige Sekunden regungslos hinter dem Räuber, der mich noch immer fest in seinem Würgegriff hielt.

Langsam und bedrohlich senkte sich die Erscheinung auf ihn herab. Der ließ urplötzlich mit lautem Geschrei von mir ab. Er rannte geradewegs auf den Ausgang zu, wo schon der andere Gauner auf ihn wartete. Unterdessen ergriff mein zweites „Ich" die Waffe, die auf dem Boden lag und hielt damit die beiden Gangster in Schach. Die blieben wie angewurzelt stehen. Schockiert starrten sie auf die unfassbare Erscheinung. Und mir ging es ebenso. Zwar lag ich auf dem Boden, doch gleichzeitig schwebte ich wie eine Lichtgestalt vor den Ganoven auf und nieder.

Plötzlich durchbrach ein heftiger Knall die Szenerie! Die Polizei stürmte in die Schalterhalle und überwältigte die vollkommen irritierten Gangster. Ich schaute abwechselnd zu den Räubern, dann zu meinem zweiten „Ich" und schließlich zu den Polizeibeamten, welche von der schwebenden Lichtgestalt keine Notiz nahmen. Wie war das nur möglich? Ich begriff es nicht, sah nur noch, wie mein eigenes Ebenbild in einer Nebelwolke verschwand. Allerdings war ich heilfroh, dass dieser fürchterliche Alptraum endlich ein Ende hatte.

Noch am selben Tag wurde ich von der Polizei verhört. Auch die übrigen Kunden wurden angehört. Seltsamerweise konnte sich keiner erinnern, eine schwebende Gestalt gesehen zu haben. Und es war ganz seltsam, im Nachbarzimmer saß noch jemand, der verhört wurde. Dieser Jemand, der auch die Waffe brachte, welche er dem Räuber wegnehmen konnte, sah mir selbst zum Verwechseln ähnlich.

Todesurteil „Kassenpatient"

Bist du mal im Krankenhaus
sieht's nicht immer rosig aus
Als Privatpatient scheint klar:
Überall bist du ein Star

Doch als Kassenpatient, ach,
bleibst du arm und dumm und schwach
Rechte hast du dann nicht mehr
Und man hilft dir nimmermehr

Mancher Arzt, manch Personal
sagt dir frech: *Du bist 'ne Qual*
Zahlst du bar, wirst du zum King
Bist dort schnell der Hauptgewinn

Bist ein Kassenpatient du
Lässt man dich nicht mehr in Ruh
Dann beschimpft, bedroht man dich
Wettert von dir fürchterlich

Freundlichkeit und auch Respekt
Bist du „Kasse"
Bist du Dreck
Fies man schubst dich hin und her
Kassen-Wohl
Das gibt's nicht mehr

Neulich in der Psychiatrie
Nein, das glaubt man wirklich nie
Daten wurden dort geklaut
Schnell verbreitet – unverdaut

Lehnt sich der Patient dann auf
Gibt man ihm schnell eine drauf
Hält er seine Klappe nicht
Spritzt man ihm gleich aus das Licht

Doch welch Freud, bist du „privat",
geht auch dort die Party ab
Man bedient dich wie ein Fürst
Bis du schnell genesen wirst

Tja, was sagt man dazu noch
Medizin – *ein schwarzes Loch*
Hat ein Kassenpatient Not,
ist er dann schon balde tot

GAGA – Land
(Natürlich frei erfunden)

Version A

Schaut auf dies korrupte Lande
Diese stinkend-große Schande
GAGA-Land, der Todesschreck
Verrat und Größenwahn
Und Dreck

Die Devise: Weiter so
Nur nichts Neues – sowieso
Man erfindet Ministerien
Für manch´ Dödel und Bakterien

Nur, damit die Alten bleiben
Stoppen will man neue Zeiten
GAGA-Land schafft selbst sich ab
Weil man nichts zu bieten hat

Schnell macht man den Bock zum „Gärtner"
Bullshit „ziert" die Straßenränder
Und die Staatsfrau keift voll Spaß
Zynisch faul: „Wir schaffen das"

Korrumpiert die Landestage
Jeder buckelt ohne Klage
Macht und Reichtum nur noch zählt
GAGA-Land – längst totgequält

Und so lügt und stielt man weiter
Steuern zahlt hier eh kaum einer
Ist man „GAGA", blöd, ein Schwein
Kommt in jeden „Talk" man rein

Tagediebe, Kriminelle
Sind stets im TV zur Stelle
Ist man hohl und durchgeknallt
Wird man hier sehr reich und alt

Nur das Gute stirbt, geht unter
Dumme fühln sich froh und munter
Und Niveau gibt's längst nicht mehr
GAGA-Land ist öd und leer

Ach, man fällt sich in die Arme
Über all den „Mist vom Darme"
Wo der Dummheit fehlt das Wort
Bleibt ein muffig übler Ort

GAGA-Land
(Wie gesagt: Alles frei erfunden)

Version B

Jenes Land liegt längst in Scherben
Hier stirbt alles
Nichts kann werden
Überall nur Neid und Hass
Suff und Ekel nennt man Spaß

Flott befördert ins Nirvana
GAGA-Land, wie es mal schön war
Loser haben längst zerstört
Was dem Volke einst gehört

Jeder ist sich selbst der Nächste
Weiter kommt hier nur der Trägste
Fortschritt wird schnell ausgebremst
Hier herrscht Mittelalter längst

Mob und Pöbel schreit durch Straßen
Nur wer Geld hat, darf auch prassen
Armut kriecht durch manchen Block
Leben heißt hier: *Dreck und Schrott*

Dreckloch, Ratten, Asoziale
Hier regiert der Abnormale
Wenn es richtig mieft und stinkt
Aller Pöbel keift und singt

Auf dem Friedhof der Verwalter
Ist zu gierig für sein Alter
Für so manches Billig-Grab
Zieht der Dieb die Leute ab

In den Kneipen gibt's nur „Fressen"
Kakerlaken satt im Essen
Und das Assi-Personal
Strotzt vor Dreck und Blödheit-Qual

Mancher „Arzt" ist ohne Wissen
Dessen Leistung: recht beschissen
Nur das Geld kassiert er fix
Für Patienten tut der nix

Zustelldienste – o wie grässlich
Sind nicht immer sehr verlässlich
Schlafen ist dort angesagt
Arbeit wird ganz schnell vertagt

Kriminelle Nachbarschaften
Die verleumden, böse gaffen
Assi-Terror in manch´ Block
Ja, dort will man schnellstens fort

GAGA-Land, ein Land der Lügen
Fake-News sind nicht totzukriegen
Meinung wird hier unterdrückt
Wahrheit per Gesetz zerpflückt

Geldgier, Klüngel in manch´ Leitung
Schmiererei beim Chef der Zeitung
Ist man ein korruptes Schwein
Braucht studiert man hier nicht sein

Arbeit-Center töten Menschen
Dort soll man Respekt bekämpfen
Anstand stirbt, ist abgebaut
Mehr und mehr grassiert Burnout

Pflegestufen gibt's für Bares
Leistung aber ist was Rares
Ist man alt und arm und krank
Gibt's 'nen Tritt oder das Amt

Servicewüste allerorten
Überall nur Mob-Konsorten
Höflichkeit gibt's längst nicht mehr
Dummheit quetscht die Hirne leer

Fälschung und Parteienschwindel
GAGA-Land lebt vom Gesindel
Schmiererei und Korruption
Bürgerstreik und wenig Lohn

Fake-News – Märchen allerorten
Manipulation mit Worten
Journalisten – gut geschmiert
Faseln das, was auf-diktiert

Blöd-Autoren, deren Scheiße
Für solch Assis gibt's satt Preise
Leistung wird hier plattgemacht
Nur solch Pöbel singt und lacht

Wichtigtuer, Schein-Gewinner
GAGA-Land liebt solche Spinner
Lügner sind willkommen hier
Werden schnell zum *„Hohen Tier"*

Halsabschneider, Tagediebe
Nur Betrüger haben Friede
Wer hier richtig klauen kann
Ist hier schnell ein Supermann

Auf der Bank gibt´s kaum noch Zinsen
Geld geht hier schnell in die Binsen
Wäscht hingegen du dein Geld
Liegt zu Füßen dir die Welt

Lass dich nicht vom "Lotto" trügen
Dort wird nur manch´ Schwindler siegen
Alles "Lotto": Diebstahl satt
Gier zockt dort die Leute ab

Autorennen nachts in Städten
Dort kann man sich kaum noch retten
Doch die Obrigkeit schaut weg
Und so wuchert aller Dreck

Für Ganoven gibt's kaum Strafen
Ja, die dürfen ruhig schlafen
Mut, Courage, Ehrlichkeit
Dafür ist hier keine Zeit

Drogen in den Parks, den Gassen
Rotlicht blüht in dunklen Straßen
Mord und Totschlag überall
Wann gibt's wohl den großen Knall

Crystal Meth und Alkohol
Machen Krankenhäuser toll
Nimmt man Drogen ohne Zahl
Läuft es da ganz optimal

Wenn man Drogen dort verschmäht
Läuft es plötzlich ganz verdreht
Als Patient wird man gemobbt
Und man jagt dich wütend fort

In manch´ Chaos-Apotheke
Scheint man dusselig und träge
Ohr-Stöpsel man dort nicht kennt
GAGA-Land hat da verpennt

Mancher „Detlef" säuft sich dämlich
Weil er insolvent ist nämlich
Kennt die Stricher längst mit Namen
Die zu ihm mit Drogen kamen

Schmuggel über offne Grenzen
Wer viel zockt, wird bald schon glänzen
Ist man dumm und kriminell
Kommt voran man hier sehr schnell

Menschenfresser, Vorbestrafte
Serienkiller, Blut – Gelarvte
Shoppen froh ganz ohne Not
Haben Geld und Dank und Job

Wer die Wahrheit sagt im Lande
Wird zur Populisten-Bande
Ist man still und ohne List
Bleibt der stinkend-faule Mist

Kommst als Fremder du ins Land
Gibt's gleich „Tausend" auf die Hand
Gibst als Fremder du hier auf
Gibt´s „3000" obendrauf

Bist du einheimisch und nett
Gibt's nur einen Tritt adrett
Willst verlassen du den Ort
Jagt man -ohne Geld- dich fort

Auf dem Bahnhofsvorplatz dann
Grabscht manch´ Fremdling Frauen an
Strafen gibt's kaum für den Mob
Und man jagt auch keinen fort

Offen hält man alle Grenzen
„Kommt ins Land, hier dürft ihr glänzen"
Jeder darf hier rein und raus
Ganz egal ob Dieb, ob Laus

Schleichend fällt dies Land ins Dunkel
Keiner redet, nur Gemunkel
Wer es wagt und lautstark motzt
Wird als „Rechter" vollgekotzt

Eitelkeit und wüste Lügen
Täuschen vor den falschen Frieden
Dieses Land: Ein trüber Ort
Alle Politik: Nur Spott

Und die Staatsfrau zeigt sich dümmlich
„Finger-Schwachsinn" – wenig rühmlich
Leicht debil geht's schnell bergab
Alles Klapse – oder wad

Täglich wird das Volk verraten
Soll´s doch in der Hölle braten
Und die Staatsfrau -fett und faul-
Korrumpiert mit feistem Maul

Hat Millionen Steuergelder
Längst verprasst für Schein-Gehälter
Wahlbetrug und Korruption
Ist ihr Lieblings-Fach, welch Hohn

Die verkauft den Schatz vom Lande
Sie ist eine echte Schande
Hat noch immer nicht kapiert
Dass sie lang schon abserviert

Macht sich lächerlich und blöde
Wo sie ist, wird's öd und träge
Ist als Staatsfrau längst dahin
GAGA-Land braucht -neuen- Wind

Manch Partei zeigt sich geschmeidig
Mut, Courage – längst beseitigt
Ganz egal des Volkes Gram
Klüngel hält den Hintern warm

Bei Debatten der Parteien
Ist's egal ob alle schreien
Jeder tippt dort dreist und dumm
Auf dem Smartphone flott herum

Medien lassen sich gut schmieren
Die solln Wahrheiten erfrieren
Lügen alles Schlechte schön
Weil Reales sie verdrehn

Lobbyisten ziehn die Fäden
Wer viel Geld hat
Darf viel reden
Was nicht passt wird unbeschwert
Untern Teppich schnell gekehrt

Wahlbetrug braucht richtig Kohle
Wer gut schmiert, bekommt sein Wohle
Intriganten kommen hoch
Nur das Volk haust tief im Loch

Und so wählt sich jeder selber
Mit viel Geld wird „Alt" kaum älter
Allem Volk wird eingebrannt:
„Ändern wird sich nichts im Land"

Pöstchen werden flott verklüngelt
Machtgier, Geldgier – alles klingelt
Überall nur Heuchelei
Wirtschaftswunder – längst vorbei

Manch´ ein kleines armes Würstchen
Lügt sich „hoch" nur für ein Pöstchen
Dann siegt Korruption und Schreck
Letztlich bleibt ein Haufen Dreck

Speichellecker, Blutaussauger
Wollen Macht und manche Mauer
Wer nicht heuchelt oder lügt
Hat beizeiten ausgespielt

Mieten in den großen Städten
Sind zu hoch und nicht zu retten
Wer dort wirklich leben will
Zahlt und hält die Füße still

Mancher Bau verschlingt Milliarden
Letztlich bleibt nur Pfusch und Schaden
Manch´ Million fließt dort recht froh
In die Taschen – einfach so

Rentner, Alte – längst beschissen
Rente wird man bald vermissen
Nur die Bonzen prassen toll
Die erhöhen sich den Sold

Feiglinge und blöde Sprüche
Fördern stinkende Gerüche
Man berät bis nichts mehr läuft
Weil im Schampus man ersäuft

Abzocker und faule Firmen
Gierig-geil sind sie wie Dirnen
Ziehn die Leute aalglatt ab
Sind geschützt von Recht und Staat

Manche „Schönchen" sind wie Zecken
Schmieren sich durch Bonzen-Betten
Wollen „Star" sein – reich und toll
Doch sie bleiben leer und hohl

Schmuddel in TV-Stationen
Zeigt man Busen, wird sich's lohnen
Hält das Röckchen man nicht kurz
Bleibt die Karrier' ein Furz

Quiz und geistig Abnormale
Das ist hier das ganz Normale
Unter Drogen läuft es toll
Drogen-Quiz, wie wundervoll

Talkshows sind das Tollste, Liebste
Jeder scheint da wie der Klügste
Wer ein echter Assi ist
Hockt recht gern bei solchem Mist

Bei der Wettervorhersage
Wird der Sprecher dort zur Plage
Grölt im Alkoholrausch rum
Fühlt sich dick
Und ist strohdumm

Und manch´ üble Radiosender:
Dudelfunk, Gesellschafts-Ränder
Wer im Leben nichts geschnorrt
Hat dort endlich ausgesorgt

Bei manch´ Bestseller, verflixt
Scheint es dann total verfitzt
Auf manch´ primitivem Schund
Klebt dies Schild sich ziemlich wund

Schöner Schein und Heiligkeiten
Klüngeln sich durch alle Zeiten
Hat man hoch sich intrigiert
Dankt man Gott ganz ungeniert

Da, der Pfarrer fährt trotz Klagen
Hunderttausend-Euro-Wagen
Predigt Wasser, hurt, trinkt Wein
Ja, so schön kann Glaube sein

Manche Lehrer brüsten sich
Ihres Wissens sicherlich
Doch in Wahrheit sowieso
Sind sie dumm wie Bohnenstroh

Dummheit wird hier großgeschrieben
Schlauheit ist zurückgeblieben
Jenes Land versinkt im Dreck
Irgendwann ist alles weg

Aus manch´ kriegerischen Landen
Kriechen hasserfüllte Banden
Terror schleicht ganz unerkannt
Wunderland
Längst abgebrannt

Ich will flüchten
Ich will fliehen
Ganz weit in die Ferne ziehen
Wo die Hoffnung tot und leer
Ist auch keine Heimat mehr

Erkenntnis:

Gauner, Gangster, manch` Kartell
Kommen vorwärts ziemlich schnell
Ist man anständig und nett
Bleibt man hier im Land der Depp

Jenes Land ist längst am Ende
Nur der Mob klatscht in die Hände
Recht und Ordnung schweigen still
Jeder macht hier was er will

GAGA-Land ist nicht zu retten
Es geht unter – wolln wir wetten
Es verschwinden Mensch und Maus
GAGA-Land – vorbei und
Aus

Schmunzeln liegt mir im Gesicht
GAGA-Land
Das gibt´s ja nicht

Betrug

Sie zählen lang
Sie zählen alles
Und doch verschwindet manches bald
Sie sind nicht echt
Im Fall des Falles
Manch´ Wähler – Stimme wird nicht alt

Es wird frisiert und auch gelogen
Für Geld siegt der, der siegen will
Da wird geklaut und auch gezogen
Das Volk glaubt alles
Und ist still

So fiebern noch die Kandidaten
Die wissen nichts von all dem Dreck
Weil sie noch zu viel Hoffnung hatten
Doch sind am End sie meistens weg

Es siegt wohl der, der siegen sollte
Die Chance gibt man dem Zufall nicht
Und wer noch ehrlich bleiben wollte
Verliert zum Schluss – *auch sein Gesicht*

Geschmiert, geölt – es sind Millionen
Die Hochrechnungen kosten viel
Wer gut gezahlt
Kann gut sich schonen
In diesem falschen Wähler-Spiel

Und wer noch immer glaubt das Gute
Ist bald am End und angeschmiert
Denn böse ist des Menschen Blute
Und wer die Wahrheit sagt, verliert

149

Dem Volk wird weiter eingeredet:
Geht nur zur Wahl
Ihr seid am Zug
Doch wer auch immer dümmlich betet
Am Ende bleibt nur
Lug und Trug

Lügenpresse

Und sie schreiben immer weiter
Immerzu nur Schund und Dreck
Nein, sie werden nicht gescheiter
Diese Affen, diese Leiber
Und sie werfen Wahrheit weg

Und sie fühlen sich so sicher
Denn man stopft sie voll mit Geld
Nichts kommt mehr in trockne Tücher
Und man leugnet alle Bücher
Und man leugnet diese Welt

Dummheit zieht durch alle Straßen
Hass und Missgunst überall
Wenn der Pöbel schreit durch Gassen
Schweigt man still
Man will es lassen
Wann kommt wohl der große Knall

Untern Teppich kehrt man alles
Weg ist weg – so sieht man´s nicht
Und im Fall des schlimmsten Falles
Leugnet man ganz schnell mal alles
Knipst man ganz schnell aus das Licht

Zu viel Dreck bringt doch nur Schaden
Darum schreibt man alles „schön"
All die Ketzer soll man jagen
Wie so manchen Satansbraten
Denn man will sie nicht verstehn

Hinter mancher Tüllgardine
Schimpft man heftig, hat man Wut
Doch man scheut dort jede Bühne
Hetzt behänd ins Blaue, Grüne
Bis es schäumt, manch´ Drogenblut

Doch das Volk geht auf die Straße
Überall, weil´s Frieden will
Fort mit allem blinden Hasse
Diesem falschen, dummen Spaße
Wahrheit ist des Menschen Ziel

Der Minister

Er ist noch einmal dageblieben
Der Herr Minister schaut sich um
Er hat sich etwas aufgeschrieben
Wirkt überlegt, nicht aufgerieben
Er hört gut zu und ist noch stumm

Da ist die Frau aus fernen Landen
Die ist sehr eitel, will ihr Recht
Sie fühlt sich ziemlich unverstanden
Es geht heiß her in ihren Landen
Und wer dagegen ist, ist schlecht

Da geht's um Krieg und auch um Frieden
Um Ungerechtigkeit und Krieg
Soll man den Flüchtling hassen, lieben
Die kamen her und sind geblieben
Wohl ist's auch Angst, die übrigblieb

Da ist der Arme, ohne Arbeit
Die junge Mutter, die kein Geld
Der Staat vergaß wohl jene Klarheit
Und drückt sich lieber um manch Wahrheit
Will nur, dass man den Richtigen wählt

Da geht's auch um des Lebens Ende
Die Alten, die man nicht mehr sieht
Zur Seelen-Ruh gibt's eine Spende
Doch wer *fühlt* all die alten Hände
Das, was noch bleibt, wenn man verblüht

So sitzen sie nun hier zusammen
Mit großem Wort – *in jener Show*
All diese Menschen, die da kamen
All diese Leute, all die Namen
All diese Leben – *schwer und froh*

Der Streit geht auch um Mindestlöhne
Um manch´ Partei und ihr Programm
Da geht's um Töchter und um Söhne
Um späte Renten, die nicht schöne
Um gleiches Geld für Frau und Mann

Das Publikum in der Arena
Hört – sieht sich alles staunend an
So mancher glaubt schon an ein Schema
Und einer fragt in die Arena
Obs der Minister besser kann

So geht die Zeit und auch die Sendung
Die Show ist aus, die Leute gehn
War dieser Abend nur Verschwendung
Hat man dafür vielleicht Verwendung
Wird das Gezeigte bald verwehn

Er ist noch immer dageblieben
Der Herr Minister, er versteht
Er hat sich sehr viel aufgeschrieben
Er sprach auch mal
Was ist geblieben
Ein lauer Wind durchs Studio fegt

Lady Schande

Mit ihrem dicken Hintern
Klebt sie an ihrem Stuhl
Sie brachte großen Schaden
Sie hat ihr Land verraten
Und grinst nur zynisch, cool

Sie will nichts weiter ändern
Es bleibt so wie es ist
Doch weit in fernen Ländern
Wo Menschen was verändern
Spielt sie mit Trug und List

Einst war sie groß und mächtig
Heut ist ein Schatten sie
Sie sitzt nur da bedächtig
Ihr Wort verklingt gar schwächlich
Es schlottern ihr die Knie

Um sie nur Speichellecker
Die plappern ihr gut zu
Und alles Volks-Gemecker
Und alles Donnerwetter
Bringt sie nicht aus der Ruh

Die Wähler arg belogen
So lehnt sie sich zurück
Sie hat ihr Volk betrogen
Dreck klebt an ihren Pfoten
Sie intrigiert mit Trick

Kein Mensch will sie mehr sehen
Und hören auch nicht mehr
Sie bleibt im Gestern stehen
Sie wird der Wind verwehen
Der Abschied fällt nicht schwer

Geschmiert so manche Medien
Die sabbeln ihr zum Mund
Gekauft hat sie manch´ Gremien
Fürs Schwindeln gibt's satt Prämien
Sie klüngelt sich fast wund

Der Mob regiert die Straßen
Es kümmert sie nicht mehr
Das Volk vom Glück verlassen
Nur Aufruhr in den Gassen
Sie nimmt das nicht so schwer

Mit Korruption und Lügen
Hält sie sich an der Macht
Im Land bleibt alles liegen
Der Dreck quillt auf den Stiegen
Sie kreuzt die Hand und lacht

Mit ihrem fetten Hintern
Klebt faul sie fest am Stuhl
Verbrannt als starke Tante
Bleibt sie als Lady Schande
Grinst zynisch, machtgeil, cool

Ich weiß, das ist erfunden
Die Lady gibt es nicht
Jedoch in trüben Stunden
Hör Jaulen ich von Hunden
Und ahn ihr Mords-Gesicht

Asche und Rauch

Das Land verirrt in Lügen sich
Versprochen wird viel
So viel
Die Wolken jagen fürchterlich
Dieses Land blutet widerlich
Alles bald ein wüstes Feuerspiel

Dies Land verfängt in Netzen sich
Die Wege sind starr
So starr
Alles wird gut wohl angeblich
Sagen die da oben
Widerlich
Der Rauch finstert
Was einmal klar

Das Land stöhnt so mörderisch
Alles ätzt dahin
Dahin
Nirgends bleibt auch nur ein Licht
Doch ich find es sicherlich
Vielleicht auch einen neuen
Lebenssinn

Dies Land bricht im Feuer sich
Asche bleibt übrig noch
Immer noch
Ein Spalt Hoffnung, hoffentlich
In dunkler Nacht, wie wunderlich
Asche und Rauch verfliegen bald
Doch

Das Ende

Sterne ziehen da am Himmel
So weit weg am Firmament
Was ist's für ein wild' Gewimmel
Diese Sterne dort am Himmel
Selten man den Namen kennt

Doch das Unheil naht behände
Einer bricht aus seinem Kreis
Ach, mir zittern schon die Hände
Wann stürzt er aufs Erd-Gelände?
Niemand glaubt was jeder weiß

Irgendwann wird er wohl kommen
Jener Tag
Das böse End
Dann verlischt das Licht der Sonnen
Und kein Traum wird sich noch lohnen
Es verbrennt das letzte Hemd

Nostradamus wollt es wissen
Ja, er schrieb vom letzten Tod
Bald schon wird das End uns küssen
Alles Leben wird dann büßen
Sind wir längst in höchster Not?

Schau zum Himmel, weine, schweige
Seh die Menschen
Hoffe noch
Wind bewegt die Birnbaum-Zweige
Und mein Blick flieht in die Weite
Und es naht das
„Schwarze Loch"

Abgesang

Stille zieht durch Jahr und Zeiten
Ängste wabern auf und ab
Hier willst du nicht länger bleiben
Wo sich Dummheit, Lügen weiden
Wo man nichts zu leben hat

Ziehst enttäuscht in bessre Welten
Die sind weit
Du ziehst lang hin
Stürme lauern, wollen gelten
Mancher schreit und will dich schelten
Doch du suchst den Lebenssinn

Hast ihn irgendwann gefunden
Neue Menschen triffst du schnell
Schöner, besser nun die Stunden
Endlich glücklich
Unumwunden
Und dein Tag ward wieder hell

Doch die alten Zweifel nagen
Panik, Furcht – ein Teufelskreis
Plötzlich wieder Tränen, Klagen
Düsternis an manchen Tagen
Deine Seele friert zu Eis

Und die fliehst zurück nach Hause
Dorthin, wo man dich noch kennt
Wo man Bier trinkt in manch' Klause
Scheiß auf GAGA-Land und Mause
Heimat ist, wo´s Herze brennt